CW00384861

Elsa Triolet

Les Amants d'Avignon

ÉDITION ÉTABLIE ET PRÉSENTÉE
PAR MARTINE REID

Gallimard

Cette nouvelle est extraite de
Le premier accroc coûte deux cents francs (Folio n° 371).

PRÉSENTATION

« On peut écrire en dehors du temps, des événements, mais pas en dehors de son propre sort et, partant, en dehors de soi-même, de ce qu'on est. Quand on arrive à cerner le moment et l'endroit où la graine est tombée, quand on réussit à la voir devenir plante, on comprend d'évidence comment la biographie d'une œuvre dépend de la biographie de son auteur. » Affirmé dans *Préface à la clandestinité*, ce lien entre l'œuvre et la vie de l'auteur est particulièrement manifeste dans nombre de nouvelles et romans d'Elsa Triolet. Écrire, c'est d'abord évoquer le passé : son séjour à Tahiti avec André Triolet qu'elle a épousé en 1919 dans son premier « roman », *Tahiti*, son enfance moscovite dans le deuxième, *Fraise des bois*. Mais les échos entre vie et œuvre ne s'arrêtent pas là, aux premiers ouvrages publiés en Russie et datant des années passées à Montparnasse. En réalité se ressouvenir et transposer constituent le cœur du dispositif artistique dans lequel va venir se placer celle qui se nomme d'abord Elsa Kagan, puis, quoi qu'il arrive (sa rupture avec André, ses relations avec d'autres hommes, sa rencontre avec Louis Aragon), Elsa Triolet.

Son nom et son prénom racontent l'essentiel de son histoire en raccourci : elle est russe, et restera russe, de cœur, d'esprit, de goût (à Saint-Arnoult-en-Yvelines, sa maison de campagne conserve un grand nombre d'objets évoquant le pays natal) ; mais elle est française tout autant. Et telle sera son œuvre, en russe d'abord, puis en français, un russe habité de « gallicismes », un français habité de « russicismes », « équivalents purement français d'expressions, de mots russes », précise-t-elle, consciente de la difficulté de l'exercice mais aussi de son intérêt. « Être bilingue, note-t-elle encore dans *La Mise en mots*, c'est un peu comme être bigame : mais quel est celui que je trompe ? » Elsa Triolet est ainsi une créature *double* et ses créations multiples ne cesseront de mettre en avant deux cultures, deux langues, et plusieurs vies. Elle sera aussi un remarquable *passeur* : au public français, elle offrira des traductions de Maïakovski et de Tchekhov avant une anthologie de la poésie russe ; pour les Russes, elle traduira Aragon et quelques-uns de ses propres textes.

À la fin de l'année 1942, c'est déjà, ou encore, de passage qu'il s'agit, passage de « ligne » cette fois, passage d'informations. Avec Louis Aragon, Elsa Triolet est activement engagée dans la Résistance et se cache, au gré des consignes, à la ville ou à la campagne, dans quelque maison abandonnée. Va-et-vient entre zone occupée et zone « libre », transports de documents et de faux papiers ayant Lyon pour point fixe, « ville soudain promue capitale de la Résistance, vivant d'une vie intense et périlleuse, traversée par les bourrasques des rafles, s'engraissant au marché noir, souffrant de ses prisons... ». Un moment, la présence du couple y semble risquée, d'autant qu'en cas d'arrestation l'identité juive d'Elsa peut avoir des conséquences dramatiques : « L'on jugea que pour nous, pour le travail, Lyon était inutilement dangereux. On allait nous cacher dans un endroit tranquille d'où nous ferions les sorties nécessaires. » Il leur est alors signifié de partir pour Dieulefit, dans la Drôme, et assigné pour résidence une sorte de ruine, loin de tout endroit habité. La suite, jusqu'à la Libération, sera de même nature, faisant alterner retraits et prises de risques, et cela au milieu d'une intense activité de « journalistes » clandestins. En effet, Elsa Triolet et Louis Aragon ont fondé *Les Étoiles*, journal de l'organisation clandestine du même nom (étendu sur quarante et un départements, le réseau « Les Étoiles » était constitué de cinq membres ayant à leur tour fondé une association de cinq membres, et ainsi de suite, la liaison entre les branches étant assurée par des « voyageurs » et des « porteurs de valises »). Elsa Triolet participe également à la rédaction de nombreux tracts appelant à la résistance, dénonçant les exactions de l'ennemi, communiquant des nouvelles sous forme codée, avant de fonder et de rédiger seule *La Drôme en armes* dont le premier numéro, manuscrit et ronéotypé, porte la date du 10 juin 1944.

Pendant ces années, elle n'a pas pour autant abandonné toute activité littéraire : en 1942, une nouvelle, *Mille regrets*, paraît dans *Poésie 42* à Avignon tandis que Louis Aragon publie *Les*

Yeux d'Elsa. Les Amants d'Avignon a été rédigé à Lyon au printemps 1943 et porté par Elsa Triolet elle-même, à Paris, aux Éditions de Minuit qui en assurent la publication et la diffusion clandestine. Il est signé d'un pseudonyme qui rend hommage aux amis résistants Laurent et Danièle Casanova, ainsi qu'elle le rappelle à la fin de la nouvelle. En 1943 paraît encore chez Denoël *Le Cheval blanc* ; dans le courrier qui suit la parution de cette nouvelle fiction à caractère autobiographique, Elsa Triolet a trouvé une lettre d'Albert Camus et cette déclaration : « Je crois que d'une certaine façon et malgré des dons éclatants d'observation, vous êtes un écrivain d'imagination, chose rare en France. » La *Vie privée ou Alexis Slavsky, artiste peintre* date de l'automne de la même année ; les *Cahiers enterrés sous un pêcher* et *Le premier accroc coûte deux cents francs* sont rédigés au cours de l'année suivante. Ce dernier texte sert de titre au recueil de nouvelles qu'Elsa Triolet publiera en 1944 et qui lui vaudra le prix Goncourt en 1945 (pour l'année précédente). L'attribution du prix sera quelque peu obscurcie par l'accusation faite au jury d'avoir cherché à récompenser non un livre exceptionnel mais une grande figure de la Résistance (communiste). C'est faire peu de cas de l'évidente qualité dégagée par un ensemble original et vif qui s'ouvre sur une belle figure de résistante et s'achève sur la nouvelle du débarquement. Si la guerre aura ensuite en littérature de multiples voix, celle d'Elsa Triolet tranche par la justesse des observations, son aspect « vécu » doublé de cette « imagination » qu'Albert Camus avait saluée.

Dans *Les Amants d'Avignon*, Elsa Triolet se souvient et transpose, comme elle en a pris l'habitude. Sa Juliette, c'est elle sans doute, logée aux mêmes endroits, hantant les mêmes villes, habitée des mêmes peurs et des mêmes convictions — « j'ai mis les petits pieds de Juliette dans les traces de mes pas » ; mais l'héroïne est aussi faite à l'image de toutes ces « filles banales » qui, durant la guerre, ont pris « des risques insensés », « abrit[a]nt des résistants, port[a]nt des paquets, cach[a]nt des armes, les pren[a]nt, se laiss[a]nt torturer sans flancher ». La nouvelle célèbre leur courage et leur détermination à toute épreuve, comme celle du réseau auquel elles appartiennent, et avec elles des résistants infatigables, parfois trahis, mais toujours prêts à poursuivre la lutte.

Au sein de cet univers hostile, « occupé », Elsa Triolet rêve, juste un peu pour que la vie n'apparaisse pas proprement insupportable, offrant à son héroïne un petit coin de tendresse, imprimé comme en filigrane dans le grain du récit. Juliette a remarqué Célestin comme Célestin Juliette ; l'heure n'est pas aux sentiments, elle le sait, il le lui rappelle d'ailleurs sans ménagement. Pourtant, s'il n'est (presque) pas dit, l'amour est là sous de multiples formes : d'abord dans le souvenir d'amants célèbres, Laure et Pétrarque, qui se rencontrèrent à Avignon en 1327, ensuite dans celui, plus humble, d'amoureux anonymes qui gravèrent leurs messages dans la pierre d'une tour abandonnée du Fort Saint-André à Villeneuve-lès-Avignon. Leurs inscriptions, qui disent, d'une autre manière que le *Canzoniere*, la fidélité d'un amour que le temps n'a pas altéré, servent de mots de passe à Juliette et Célestin et leur montrent la voie à suivre.

Elsa Triolet n'aime pas Lyon, « ville étroite et tortillée comme le secret de ses traboules, tragique comme l'eau du Rhône, de la Saône, avec ses noyés, les détritus, la navigation et les ponts qui l'enjambent ». En revanche, elle s'est prise de passion pour Avignon, où elle séjourne à plusieurs reprises pendant la guerre : « Avignon entra dans ma vie. C'est là que j'ai dû vivre dans quelque passé inimaginable. Tant je l'aimais cette ville en forme de cœur, que tu t'étais mis à l'appeler la *ville d'Elsa* », se souvient-elle, s'adressant à Louis Aragon. En 1946, ce dernier lui offre une gravure ancienne de la Cité des papes et y joint un poème ; le cadeau orne toujours le bureau d'Elsa Triolet à Saint-Arnoult-en-Yvelines. « Ma place de l'Étoile à moi, est dans mon cœur, écrit Aragon dans *Les Yeux d'Elsa*, et si vous voulez connaître le nom de l'étoile, mes poèmes suffisamment le livrent. On dira qu'un homme ne doit pas exposer son amour sur la place publique. Je dirai qu'un homme n'a rien de meilleur, de plus pur, et de plus digne d'être perpétué que son amour [...]. » Les amants d'Avignon, ceux qui aiment la ville et s'y aiment, sont nombreux. S'ils comptent dans leurs rangs Laure et Pétrarque, les inconnus du Fort Saint-André ou quelques jeunes résistants de roman, ils comptent aussi l'un des couples les plus célèbres de la littérature française du XXe siècle. C'est ainsi qu'une fois encore la réalité recoupe la fiction.

MARTINE REID

NOTE SUR LE TEXTE

Les Amants d'Avignon a d'abord été publié dans la clandestinité, aux Éditions de Minuit, en octobre 1943, sous le nom de Laurent Daniel (in-16, 124 p.). Le texte a ensuite connu deux autres éditions avant de paraître aux éditions Seghers en 1945 (in-4°, 92 p., avec un portrait de l'auteur par Christian Bérard). Le texte que nous reproduisons est conforme à cette dernière édition. Le manuscrit est conservé à la BNF.

LES AMANTS D'AVIGNON

Personnellement, j'ai toujours beaucoup aimé Juliette Noël. Je la trouve ravissante et très sympathique. On me dit que je suis trop optimiste par rapport aux femmes, que je les trouve toutes jolies, ou du moins que je leur trouve à toutes quelque chose de joli. Il est vrai qu'une belle peau, des reflets dans les cheveux, des doigts de rose, un grain de beauté, une fossette me suffisent, mais cette fois-ci vous pouvez me croire, sans indulgence aucune, il est impossible de ne pas trouver Juliette séduisante comme une dactylo de cinéma : cheveux soyeux, longs cils, élégance naturelle dans un modeste chandail collant, une jupe très courte et des talons très hauts... D'ailleurs elle est vraiment dactylo, et dactylo de premier ordre. Si bien qu'après avoir été l'une des vingt dactylos de l'usine d'aviation, puis la secrétaire de M. Martin, ingénieur, elle était devenue la secrétaire particulière du grand patron. Cet avènement s'était fait comme la carrière d'une petite actrice qui remplace au pied levé la vedette et remporte un triomphe : la sténo du conseil d'administration n'étant pas venue, on avait à la dernière minute, en désespoir de cause, mandé Juliette, et elle avait si bien pris tous les rapports et même toutes les controverses, que le grand patron l'avait aussitôt réclamée pour lui. L'ingénieur Martin en était inconsolable.

Avec sa tête à photographier pour la couverture de *Marie-Claire*, Juliette a une espèce de réserve et de dignité qui tient les gens à distance. Il y a deux ans qu'elle est à l'usine d'aviation et on ne la soupçonne même pas de coucher avec le directeur, son patron (un général de cavalerie en retraite, beaucoup d'allure, veston noir orné de la rosette de commandeur, pantalon rayé), et ceci malgré les marrons glacés qu'il lui apporte au Jour de l'An et les fleurs pour sa fête. Mais tout le monde connaît la galanterie du vieux gentilhomme. Ce qu'on ne sait pas, c'est que le vieux gentilhomme avait, avec toutes les précautions oratoires possibles, proposé à Juliette de l'entretenir : il ne pouvait faire mieux, puisqu'il était marié. Et que l'ingénieur Martin avait demandé Juliette en mariage... Elle avait refusé l'un et l'autre avec tant de gentillesse et d'art qu'elle put continuer son travail comme par le passé. Son patron lui trouvait la fermeté d'âme et le sens du devoir d'une Clarisse Harlow[1] ou d'une princesse de Clèves, et il ne croyait pas si bien dire puisque, à l'époque où elle travaillait chez lui, elle avait déjà rencontré Lovelace... Mais, en général, on s'accordait à la trouver charmante, bien qu'un

1. Célèbre héroïne du volumineux roman épistolaire éponyme de Samuel Richardson (1747-1748). La jeune fille est notamment victime des agissements de Lovelace, parangon littéraire du vil séducteur.

peu froide et même, disaient certains, secrète, ce qui d'ailleurs ne la rendait que plus attrayante.

Pourtant il n'y a rien de secret dans sa vie. Elle est née et elle a grandi à Paris, puis son père, fonctionnaire, a été transféré à Alger. Elle a trois sœurs plus jeunes et un grand frère. Après la mort de sa mère on l'avait laissée repartir pour Paris, parce qu'on n'était pas riche et que tante Aline, la sœur de sa mère, avait demandé qu'on lui confiât Juliette. Juliette n'était pas restée longtemps à la charge de sa tante ; à dix-huit ans, elle entrait déjà comme dactylo chez un avocat parisien. Elle y resta un an. Puis elle quitta cette place, et tante Aline fut bien obligée de la croire quand elle se dit malade, tant elle était devenue maigre et pâle.

Tante Aline n'était ni curieuse ni contrariante, elle ne posait pas de questions : « Pourquoi as-tu les yeux rouges ? Pourquoi ne manges-tu pas ? » Assise près du feu, elle ne levait même pas la tête, merveilleusement blanche, de son tricot (c'était elle qui tricotait les chandails de Juliette), pour dire : « J'ai mis ton dîner au chaud. Il y a une petite crème... » Derrière elle, la pendule dressait son corps étroit, on dirait un violon tiré en longueur, le secrétaire luisait de tous ses petits tiroirs, le couvert de Juliette était mis sur une table ronde avec force napperons... Tout invitait Juliette au calme, au repos. Elle se calma, retrouva ses belles couleurs. Elle n'avait pas vingt ans.

Le jour où elle proposa à tante Aline d'adopter un enfant, celle-ci laissa son tricot, enleva vivement ses lunettes, et répondit sans hésitation : « Et pourquoi pas ?... J'ai idée que tu resteras vieille fille comme moi, mieux vaut adopter un enfant tout de suite. » Juliette ramena avec elle un petit Espagnol d'un an, qu'on avait trouvé, emmailloté, dans un train de l'Espagne en feu et apporté à Paris[1]. Sans beaucoup se creuser la cervelle, elles l'appelèrent José.

Juliette travaillait déjà à l'usine d'aviation. Elle était maintenant encore plus pressée de rentrer, et tante Aline et elle n'allaient même plus au cinéma pour ne pas laisser le petit tout seul. Juliette paraissait contente et ne souhaitait voir personne d'autre, à part évidemment sa famille et surtout son grand frère, ce casse-cou tendrement aimé...

Puis il y eut la guerre, l'exode... Juliette, tante Aline et le petit habitaient, au bout du compte, Lyon. Juliette travaillait maintenant comme sténo de presse.

1. Elsa Triolet avait elle-même songé à adopter un orphelin espagnol suite à sa visite d'un camp de réfugiés au Perthus en février 1939.

Toute la nuit, les rats ont mené un train d'enfer. On aurait dit qu'ils prenaient la maison d'assaut, et pourtant ils étaient bel et bien à l'intérieur. Des objets tombaient, roulaient, se cognaient aux murs, il y avait de folles galopades et des grignotages, là, tout près…

Pourtant l'aube trouva la maison silencieuse et immobile. Bientôt la fenêtre apparut étincelante à cause de la neige tombée en secret pendant la nuit. Aussi loin qu'on pouvait voir par cette fenêtre, la grande surface était lisse comme une nappe fraîchement repassée, aucun pas d'homme ni de bête ne l'avait tachée… C'était du courage de la part d'une femme que de coucher seule dans cette maison perdue dans la montagne. Elle était descendue de la table sur laquelle elle avait posé une paillasse et, grelottant dans son manteau mis par-dessus la chemise de nuit, s'était accroupie devant la cheminée. Heureusement que le feu prenait rapidement ; il y avait encore de la braise de la veille. La femme claquait des dents, mais ça allait déjà mieux, maintenant qu'elle pouvait se chauffer les doigts autour de la tasse.

« Tout de même, songeait-elle, ils ont du culot de m'envoyer dans un endroit pareil ! »

L'endroit, une grande pièce basse de plafond, avec ses vieilles poutres en bois de châtaignier, dur et foncé comme le fer, des murs autrefois blanchis, une seule petite fenêtre dans une embrasure d'un mètre de profondeur, et le plancher aux planches disjointes par où passait un ouragan... La table sur laquelle elle avait couché, quelques tabourets boiteux... C'était une ferme abandonnée, et dans ces parages où même les fermes habitées semblent appartenir à l'âge de pierre, une ferme abandonnée prend aussitôt l'aspect d'un repaire de brigands.

La femme se mit entièrement dans l'âtre pour s'habiller, à dix centimètres du feu c'était intolérable. Elle se coiffa comme elle put devant la petite glace de son sac à main. Les cendres tombaient abondamment sur ses cheveux et elle rit de se voir du noir sur le nez. Elle mit son béret, enfila son manteau...

Mais quand après avoir fermé la porte derrière elle et caché la clef dans le four à pain adossé à la maison et plein de bouteilles cassées, de vieilles chaussures, de casseroles percées, quand elle sortit de la cour pavée de grandes pierres plates et ornées de neige, enjolivée d'un long fil d'eau tombant dans un bassin de pierre avec des fleurs de glace tout autour, et qu'elle vit le paysage, elle en eut un éblouissement : la maison, basse et large, accolée au talus avec l'idée de se garer du vent et des hommes, recouverte de vieilles tuiles rose chair, leurs rangées ondulées à force d'être poussées par le vent, formait le gros plan d'un paysage immense. Les cônes des montagnes se cachaient les uns derrière les autres, et se déplaçaient au fur et à mesure que la femme elle-même avançait. Elle grimpa le talus, laissant derrière elle, dans la neige lisse, des traces pas plus grandes que celles d'un pied d'enfant. Elle avait aussi le teint d'un enfant, maintenant que la fatigue de la nuit était balayée par l'air de la marche, et de grands yeux de femme... En haut du talus, il y avait un chemin. La femme le prit jusqu'au petit bois où elle l'abandonna pour un sentier qui s'y enfonçait.

Cela sentait bon la neige là-dedans, comme une armoire de linge frais. Il ne faisait pas froid du tout, et si le soleil avait chauffé un tout petit peu plus, il aurait fait couler toute cette blancheur, fragile comme de la belle dentelle. Extraordinairement parfaite, elle bordait chaque branche nue, chaque aiguille... À la sortie du petit bois, c'était l'autre versant et on se serait cru dans un autre pays : une vallée avec un fond de montagnes, mais des montagnes plus rudes, plus nues. Ici toutes les pentes n'étaient pas enneigées, il y en avait qui ressemblaient à des joues mal rasées, foncées et rugueuses. Quelques fermes... La femme traversa un champ avec une cabane, rejoignit un chemin. Le soleil faisait de grands éclairages sur la pierre des sommets, sur les plis blancs de la neige. Des troupeaux de moutons broutaient sur les pentes une herbe sans couleur, se déplaçant d'un seul tenant. Des bergères, tout en noir, enveloppées de fichus et de châles, coiffées de chapeaux noirs, ronds, se tenaient debout, au soleil, et tricotaient, l'œil sur la passante. Des chiens bergers aboyaient gaiement, courant derrière elle, lui sautant après et retournaient calmement à leurs devoirs...

Elle quitta encore une fois le chemin pour descendre à pic et en prendre un autre qui s'en allait à plat et semblait vouloir contourner la montagne d'en face. Bientôt, au bord du chemin, il apparut une maison, d'un gris-blanc, comme la fumée qui sortait de sa cheminée... Le chemin devenait de la boue. De grandes meules se dressaient des deux côtés, jusqu'au portail, car s'il n'y avait pas de mur, il y avait un portail. Dans la cour, la boue était mélangée de paille. Du bois s'entassait à hauteur des tuiles du toit, des fagots croulaient à côté. Deux grandes marmites noires étaient pleines de nourriture pour les cochons, les poules se promenaient où elles voulaient, les dindons faisaient bande à part. Des chiens aboyèrent, à en perdre la voix, sans s'approcher de l'intruse, juste pour prévenir qu'il y avait de l'étranger près de la maison... Enfin, une grosse femme, coiffée d'un béret, un fichu de laine croisé sur son ample poitrine, apparut de derrière la maison. Cela devait être là :

« Bonjour, Madame, fit la femme. Vous êtes peut-être madame Bourgeois ? Je viens de la part de Dominique. Je m'appelle Rose Toussaint. »

Elle mentait bien, Juliette Noël.

La paysanne aussitôt s'affaira.

Le mari, rentré vers onze heures, ressemblait à sa femme : il était aussi large, il avait le visage aussi rond, et des yeux aussi frais. Les cinq enfants autour de la table promettaient de devenir comme leurs parents. On mangea de la soupe au lard, du fromage blanc, on but du vin rouge et puis du café d'orge avec un verre de marc... Dans cette même journée, Juliette visita encore deux fermes, que lui avaient indiquées les Bourgeois. C'étaient des gens compréhensifs que les Bourgeois, elle s'était sentie chez eux tout à fait en famille. Jamais Juliette n'aurait cru qu'elle pourrait trouver un langage commun avec des paysans, jusqu'ici quand elle avait eu affaire à eux, et ce n'était pas souvent (en villégiature, ou pour demander son chemin à la campagne), il lui avait toujours semblé qu'ils parlaient une langue étrangère, ou qu'ils étaient sourds, et qu'elle-même ne se faisait comprendre d'eux que difficilement. Mais les Bourgeois la comprenaient fort bien, ils parlaient certainement la même langue qu'elle : les uns et les autres parlaient français. Dans les deux fermes, on se montra tout aussi hospitalier. Juliette remangea de la soupe au lard et du fromage blanc, rebut du vin rouge et du marc. Puis on resta autour du feu à répéter les mêmes choses...

Heureusement que la lune était là ! Juliette s'en allait par ce qu'elle espérait être le bon chemin et elle avait chaud d'alcool et d'espoir. La douceur de cet hiver 1942 était comme un bon présage. La grande campagne, brillante de lune, ne lui faisait pas peur. Avoir peur quand il faisait si beau ! Elle n'avait pas envie de rentrer, on ne rentre pas par de pareilles nuits... Les autres ne sont heureux qu'à deux, pas elle ! Elle pensa avec violence à son amour passé... Dans le petit bois qu'elle longeait, il y eut brusquement du mouvement, comme un corps lourd qui tombait, et un grognement… Des bêtes. On disait qu'il y avait des loups dans les parages… Des loups ! Par un calme, par une douceur pareils. C'était incroyable d'avoir ce temps à la veille de Noël. Dieu avait fait descendre cette douceur pour que Marie pût accoucher par une tiédeur printanière… Les cônes de montagne se chevauchaient les uns les autres, blancs sous la lune très haute, avec autour d'elle une immense alliance d'or… Voilà les trois peupliers, les trois sentinelles qui gardent la maison derrière le talus, voilà la maison… Elle est à contre-lune, ce n'est qu'une masse foncée, mais quand Juliette en fit le tour, elle s'arrêta aux aguets : quelqu'un avait allumé l'électricité dans la cour ! Mais non… Comme c'était bête à elle, c'était simplement la lune qui éclairait ainsi chaque pierre, et le vieux soulier qui traînait, et les débris de vaisselle, et les tuiles du toit. La fontaine fit entendre sa voix, mince comme le fil d'eau tombant dans le bassin.

Cette nuit-là, Juliette n'entendit pas les rats : elle s'était endormie, tout habillée sur sa paillasse ; elle avait bien vingt kilomètres dans les jambes ! Et ce n'étaient pas les délicates caresses des premiers rayons de soleil qui auraient pu la réveiller, à peine si le réveil qui s'égosillait au-dessus de son oreille y parvint. Elle ouvrit les yeux, constata qu'elle avait mal partout, qu'il faisait affreusement froid dans cette maison et qu'elle aurait aimé un bain chaud et un café au lait avec du beurre et des confitures. La grande pièce sombre et vide n'avait d'autres ressources à lui offrir que le petit carré blanc de la fenêtre et la cheminée froide. Sur la table, près de sa tête, il y avait des crottes de rats...

Mais au-dehors, il faisait encore plus doux que la veille. Une légère brume unifiait le paysage, la neige avait fondu un peu partout. Juliette affronta les mares et la boue.

La journée fut moins heureuse que la précédente. Dans la première ferme, on la reçut mal. Dans la deuxième, c'était si visiblement une erreur que Juliette ne parla de rien. C'était une maison noire, il faisait grand jour, mais on aurait dit que le jour ne tenait pas à rentrer dans la pièce et s'arrêtait à cette fenêtre pâle. Un peu de braise dans la cheminée mettait de-ci de-là des lueurs rouges... Une fille, assise par terre, une autre assise sur un tabouret devant le feu... Juliette put distinguer une table, une lampe à pétrole, elle vit que les jeunes filles étaient jeunes, seize ans peut-être. Debout, derrière la table, se tenait un garçon, le béret sur la tête, habillé d'un chandail déchiré aux coudes. Les filles aussi étaient petites et déguenillées. Elles épluchaient des châtaignes, et les épluchures jonchaient le plancher, craquaient sous les pieds. Juliette demanda le chemin pour le village de B..., il lui fallait un prétexte quelconque pour sa venue.

« Ce n'est pas le bon chemin, ma pauvre dame, ici ça ne mène nulle part... »

Les deux filles se mirent à parler ensemble pour expliquer comment il fallait y aller. Celle qui était assise par terre avait une voix glapissante et éraillée, et à chaque fois qu'elle disait quelque chose elle faisait un mouvement en avant, comme si elle allait vous sauter au visage.

Tout en discutant, elles n'arrêtaient pas d'éplucher leurs châtaignes, la petite par terre se démenait comme si elle avait fait un travail de force.

« Vous les épluchez avant de les bouillir ? dit Juliette, et moi qui ai toujours fait le contraire !

— C'est plus vite fait comme ça », dit la blonde, assise sur le tabouret. On voyait ses cuisses nues, qu'elle tenait écartées pour faire tomber les châtaignes épluchées dans sa jupe. Il y avait de grands trous très blancs dans ses bas de laine noire. Deux petites tresses étaient épinglées autour de sa tête. Le garçon, derrière la table, jouait avec son couteau, sans toucher aux quelques châtaignes éparses devant lui, sur la table.

« Vous restez à B... ? » glapit la fille assise par terre, et elle se jeta vers Juliette comme un chat sauvage.

« Non, je ne fais que passer...

— Parce que vous pourriez venir au café, demain. On fête les fiançailles de mon frère, avec elle. »

Elle montra la petite blonde.

« Oh ! mais alors, je resterai peut-être. Maintenant je vais essayer de trouver mon chemin. »

Juliette serra la main des trois enfants et sortit dans la campagne brumeuse et pourtant si claire après la maison noire.

Dans la troisième ferme, elle trouva des gens raisonnables. Quand elle dit qu'elle avait été dans une ferme où il y avait des fiancés, la paysanne, une vieille femme aux cheveux blancs, au teint rose, hocha la tête :

« Le père est mort fou, dit-elle, et si la petite l'avait refusé, à l'heure qu'il est, il serait enfermé, lui aussi, tant ça le tenait. Il ne faudrait pas qu'elle lui joue des tours, il deviendra fou ou il en mourra. Des malheureux orphelins, personne pour les surveiller... Ils ont tout mangé ce qu'ils avaient sous la main, et il y en avait ! Combien de fois je lui ai dit : "Renée, va te laver... mets un point à ta robe..." Rien à faire. Qui donc vous a dit d'aller chez eux ? »

La vieille mit dans le feu, en l'honneur de la visite, un genévrier qui lança un feu d'artifice comme à un 14 Juillet ! Le vieux, avec ses moustaches pendantes et ses sabots à frange de paille, maronnait en regardant le feu :

« Je ne dis pas... j'aurais bien gardé mon fusil, qu'est-ce qu'on va devenir au printemps, quand les renards viendront nous voler les poules ?... Seulement il s'en trouve toujours pour vous donner... »

La vieille versait une liqueur dans de petits verres posés sur un plateau.

« Les gendarmes disent, continuait le paysan, "donnez un vieux clou et gardez le bon, arrangez-vous". Où voulez-vous que je le prenne, le vieux clou ? Ils disent : "tuez le cochon, ils viendront vous le prendre..." Est-ce que je sais ? C'est des gendarmes, ils montent ici pour chercher du ravitaillement pour eux-mêmes, c'est peut-être bien pour ça qu'ils vous disent de tuer le cochon... Vous qui avez de l'instruction, Mademoiselle, qu'en pensez-vous ? »

La vieille présentait les petits verres pleins, sur un plateau.

« Je ne peux pas vous dire pour le cochon, avoua Juliette, c'est comme vous dites, les gendarmes sont des gendarmes, mais ce sont aussi des Français... Si j'étais à votre place, je ne donnerais pas le fusil, le jour où vous en aurez besoin pour le renard ou pour n'importe quoi, vous n'en trouverez pas d'autre. Ne portez pas le fusil à la mairie.

« Mon fils dit la même chose. Mais il s'en trouve toujours pour vous donner. »

Oui, la journée n'a pas été bonne. Juliette était très fatiguée, d'une ferme à l'autre il y avait cinq, six kilomètres, et tous les paysans n'étaient pas comme les Bourgeois. La brume s'était levée, il y avait une belle lune, une belle nuit comme la veille, mais vraiment Juliette n'avait pas le cœur d'admirer les beautés de la nature... Sa maison derrière le talus ne lui dit rien qui vaille. La cour est illuminée comme la veille. Juliette sent ses jambes plier sous elle, de fatigue. Elle fouille longuement dans le four, sans pouvoir trouver cette maudite clef...

Il faisait bien plus froid à l'intérieur de la maison qu'au-dehors, et la fatigue de Juliette était trop grande pour pouvoir dormir tout de suite, valait mieux faire du feu et veiller que d'attendre le sommeil habité par les rats. Le bois était entassé dans l'écurie qui communiquait directement avec la pièce. L'électricité y fit filer, le long d'une mangeoire à moitié pourrie, un énorme rat marron. Juliette poussa un cri strident et alla tranquillement vers le tas de bois. La lumière jouait drôlement avec les poteaux qui soutenaient le toit, et avec les bras levés au ciel d'une voiture. Le sol de terre battue, jonché de paille, de foin, de brindilles de bois, était froid comme la glace. Près du mur s'amoncelaient de la vaisselle brisée, des cuvettes, des verres et des bouteilles, un tas d'ordures... C'étaient de véritables troncs d'arbres et non des bûches qu'il lui fallut traîner jusqu'à la cheminée : elle y arriva avec beaucoup de peine. Les fagots étaient enchevêtrés comme du fil de fer barbelé. Juliette eut chaud avant même d'avoir allumé le feu. Les flammes sortirent du bois, crépitantes, déchiquetées, de belles guenilles de luxe. Cela vous tient compagnie, le feu, son mouvement, le bruit meublent la solitude... On le regarde vivre, se démener... Ses sautes d'humeur, ses trépignements, ses jaillissements, sa perfidie, et comme il se fait tout petit, comme il se tapit sous une bûche, on le croirait mourant, mais c'est alors qu'il se lève haut et clair ! Sa gaieté cascadeuse, ses débordements, ses appétits illimités et le calme brûlant des braises... Des petits chenets noirs soutenaient les flammes : ils représentaient un buste de femme, délicatement moulé, la jolie tête coiffée en bandeaux, une étoffe croisée sur les seins nus. Ces deux élégants petits sphinx de salon, subissant l'épreuve du feu, ne semblaient être mis dans cette méchante maison que pour ne pas laisser Juliette seule, aussi déplacés qu'elle, tombés là on se demande pourquoi, comment, une dérision... Juliette se déchaussa, s'assit aussi près que possible de la cheminée, se mit à rêver...

Ça la connaît, les rêves, mais quand le rêve entre dans la vie, on trouve tout naturel de le vivre, on marcherait sur l'eau qu'on trouverait cela tout naturel… « C'est normal », comme disait le docteur rouquin quand on lui racontait l'histoire la plus abracadabrante, la plus monstrueuse, une évasion aventureuse, les prix du marché noir, ou qu'on lui parlait de l'inexprimable horreur des otages fusillés… C'est normal… Pourtant, ce n'est qu'en rêve que Juliette Noël, dactylo, au lieu de travailler au journal et de rentrer chez tante Aline et José, pouvait marcher seule sur des routes enneigées, rester seule dans cette maison, entourée d'une étendue blanche, et écouter galoper les rats… Ça ne devait pas être le bon rêve qu'il lui était donné de vivre, c'était le rêve de quelqu'un d'autre, car ceux de Juliette, dans le plus secret de son cœur, étaient simplement des rêves d'amour. Pas d'un amour comme celui qu'elle avait connu, qui n'était que honte et mépris… Ah ! un homme qui n'est pas à la hauteur de l'amour devrait être chassé loin de son royaume, pour que l'amour ne soit pas sacrilège, pour qu'il soit total comme la guerre.

Mais quels sont ces temps où Juliette Noël n'a plus les loisirs pour rêver d'amour et court les routes enneigées ?

Les flammes s'étaient raccourcies, avaient bleui, les bûches avaient encore leur forme de bûches, mais semblaient des récipients transparents, pleins d'un feu liquide. Juliette y donna un grand coup de tisonnier et réussit un beau feu d'artifice. Autrefois, elle avait peur de rester seule le soir, et ça en plein Paris, dans une grande maison habitée de haut en bas ; elle s'évanouissait à la vue d'une petite souris ! C'est comme ça qu'elle était : quand il y avait le choix, elle avait peur, elle avait froid, elle était fatiguée. Quand il n'y avait pas le choix... Y avait-il le choix en 1942 ? Le feu n'était plus qu'un tas d'or. Il fallait se coucher avant de recommencer à grelotter.

Oui, les rêves, ça la connaissait... L'homme ressemblait tantôt à Gary Cooper[1], tantôt à Charles Boyer[2]... Mais comment rêver d'amour, couchée sur une paillasse, avec la danse des rats et ces ombres sur le plafond rayé noir et blanc, ces poutres qui semblaient descendre de plus en plus bas sur la tête ?... Juliette n'avait pas éteint, peut-être la lumière éloignerait-elle les rats... L'électricité, dans cette maison, tenait du miracle, elle ne semblait pas y être à son aise, elle avait des sauts, des faiblesses. L'ampoule, au bout d'un fil volant accroché à un clou au-dessus de la table, rougissait, éclairait à peine, puis reprenait une blancheur violente... Il y avait beaucoup de clous et de crochets dans les poutres noires et dans les allées blanches, enfumées et sales, entre les poutres noires. Il était pénible de penser qu'au-dessus il y avait un grenier inconnu où galopaient des rats... Vers le matin, un bruit de moteur d'avion emplit tout l'espace. Il en passait, il en passait, pendant qu'en bas, dans les maisons appartenant à l'âge de pierre, on se levait pour soigner les bêtes, on allumait le feu et les enfants sortaient dans le petit matin, prenant le chemin de l'école,

1. Grande figure du cinéma américain d'avant-guerre, Gary Cooper (1901-1961) a notamment interprété le rôle-titre du film de Henry Hathaway, *Peter Ibbetson*, dont il est question p. 73.

2. Figure mythique du séducteur français au cinéma, Charles Boyer (1899-1978) devait faire la plus grande partie de sa carrière aux États-Unis.

le nez en l'air, pour voir passer les avions allemands. Juliette pensait encore et encore au garçon d'hier, avec son béret sur la tête et le chandail déchiré, qui serait devenu fou si la petite n'avait pas voulu de lui. Deux petites tresses blondes autour de la tête, les trous dans les bas noirs... Quelle force que de pouvoir aimer là-dedans ! Juliette aimerait aimer quelqu'un de beau... Il y aurait de la musique, des chansons...

Juliette se leva. Il fallait refaire le feu. L'horreur de la vie paysanne ! Elle regarde ses mains incrustées de noir. Ne vivre que pour son corps, pour le nourrir, le chauffer... Ah ! le chant de l'alouette, les paysans ne devaient pas l'entendre souvent ! Elle pensa qu'il leur faudrait des tracteurs pour avoir le loisir de l'entendre, et elle ne connaissait pas la gravité de ses pensées... Avec les mains engourdies de froid, Juliette ramassa ses affaires, les rangea dans la petite valise. Les quelques provisions que les Bourgeois lui avaient données étaient déjà dans le sac (il y avait un lapin !). Les choses les plus précieuses, elle les fourra aussi dans le sac, sous le lapin : on ne sait jamais...

Il y avait dix bons kilomètres jusqu'au village de B... Juliette prit par le petit chemin à travers le bois, voici l'autre versant, avec ses montagnes nues. Heureusement que cela descendait ! Après une nuit sans sommeil, Juliette appréhendait le long chemin, malgré la belle matinée et toute cette exposition de blanc autour d'elle : il avait reneigé pendant la nuit. Personne sur la route, la seule ferme qu'elle dépassa semblait déserte, et la cheminée ne fumait pas. Pourtant les ouvriers avaient travaillé ici, le chemin était retourné, c'était un mélange de terre et de gros cailloux pointus. Juliette était ennuyée pour ses souliers, les seuls souliers solides qu'elle possédât, bien que pas assez gros pour ces chemins-là... La valise et le sac à lapin commençaient à peser au bout de ses bras. Il lui fallut s'arrêter plusieurs fois, à vrai dire elle n'en pouvait plus. Enfin, voilà la route nationale ; le village que l'on voyait en bas, dans la plaine, devait être B... Cette route, bordée de jolies bornes blanches, ornées de rouge, était si lisse, si large... Mais il y avait du verglas, autre calamité. Juliette avançait lentement et posait de plus en plus souvent ses bagages.

Le village s'annonça par des ruines sans pittoresque, simplement de grands pans de murs en équilibre. Un cimetière, de petites maisons avec de petits jardins, un petit pont, la rue... la poste... Une mercerie... Un café... l'église... une petite place... Voici le café devant lequel s'arrête l'autocar.

Un café avec un joli poêle ajouré au milieu et qui chauffait ! Juliette posa ses bagages sur la banquette et alla s'asseoir près du poêle, réprimant un gémissement, tant ses bras lui faisaient mal. Elle était bien en avance pour l'autocar, dans le café il n'y avait que des paquets, des colis et, dans un coin, deux ouvriers qui cassaient la croûte. Un chien maigre vint renifler les mains de Juliette. La patronne, accorte et affable, lui demanda ce qu'elle désirait, plutôt par habitude, car il n'y avait rien, mais rien, ni à boire, ni à manger, sauf de la limonade saccharinée. Elle avait l'air toute honteuse, la pauvre femme : « S'il n'y avait qu'on rend service pour les colis, on aurait fermé... » Les ouvriers remettaient les restes de leur repas et la bouteille de vin vide dans une musette. Heureusement que cette brave Mme Bourgeois avait donné à Juliette, en plus du lapin, un bon morceau de pain, du fromage et des œufs durs. Juliette s'installa pour manger. Bientôt la patronne, sortie de l'arrière-boutique, vint lui apporter un verre de vin : « Il est à nous, dit-elle ; que voulez-vous, on peut pas vous laisser manger sans boire... » Juliette remercia avec ce petit air digne qu'elle avait, et la fossette qui apparaissait quand elle souriait rendait son merci plus précieux.

Le petit autocar gris, moche, arriva avec une heure de retard et était bondé. Dans le bel avant-Noël immaculé de là-haut, on oubliait ce que c'était que les fêtes. En même temps que l'autocar, était apparu un gendarme. Important, il demanda les papiers aux hommes ; à ceux qui descendaient et à ceux qui montaient. Juliette eut quand même une place sur la banquette, au premier rang. Elle avait devant elle l'espace bondé de bagages. Son voisin, un gaillard des Compagnons, ramassa ses longues jambes pour que Juliette pût poser sa petite valise. Il céda sa place à une dame avec un petit garçon sur les bras, qui fit son entrée en hurlant tant qu'il pouvait : ainsi se trouvait-il dans une meilleure position pour admirer discrètement Juliette. Le petit détestait les voyages, à en croire la grand-mère (c'était sa grand-mère) et ses hurlements. Tout l'autocar faisait risette à l'enfant, on demandait à la grand-mère des nouvelles de sa fille et de ses autres petits-enfants... À chaque arrêt, il montait du monde, on confiait les colis au conducteur, l'autocar en était gonflé. Dans ces conditions, il n'était pas question du paysage. Juliette avait devant elle le dos d'une vieille femme, emmitouflée dans des vêtements noirs, qui avait choisi comme point d'appui les genoux de Juliette, il le lui fallait pour contrebalancer le poids de trois cabas : dans l'un il y avait un dindon vivant, dans le deuxième il y avait deux dindons vivants, dans le troisième étaient enfouis des paquets. Dès qu'elle avait apparu, une puanteur s'était installée dans l'autocar. Les têtes affolées et rouges des dindons sortaient des cabas. Deux ou trois fois déjà, le Compagnon avait redressé la vieille qui allait s'asseoir sur les genoux de Juliette, et l'autocar rigolait, pendant que les dindons faisaient leurs saletés sur les bas et les souliers de Juliette. Enfin, enfin, on arriva. L'autocar s'arrêta tout d'abord devant la poste pour expédier ses colis, il lui fallait encore traverser la petite ville dans toute sa longueur pour arriver à l'arrêt de la gare.

Les passagers attendaient, mais ça n'en finissait plus, tant il y avait de colis de Noël. Encastré dans la petite rue, qui s'appelait la Grande-Rue, l'autocar la remplissait entièrement, pendant que des coups furieux de klaxon le fouettaient dans le dos. C'était fini, les colis, mais le gazogène fit un caprice et la voiture ne démarra plus ! Le conducteur asticotait le moteur pendant que les passagers impatientés descendaient. Un soldat feldgrau[1] apparut devant le radiateur faisant de grands gestes. Maintenant que l'autocar était presque vide, Juliette pouvait voir par la fenêtre arrière un camion allemand ; c'était lui qui klaxonnait comme un enragé. Brusquement l'autocar démarra. L'Allemand se jeta de côté, le conducteur s'installait devant le volant : « Ça va ! cria-t-il. Ils sont pressés ceux-là ! On dirait qu'ils courent après la victoire !... » La femme assise derrière Juliette se pencha pour lui dire : « C'est égal, on aimerait bien les voir partir ! Quand est-ce que ça va être fini !...

— Bien sûr... », dit Juliette.

Elle laissa sa valise à la consigne, prit un billet et s'en fut à la recherche d'une chambre : si elle en trouvait une, elle coucherait ici, sinon elle prendrait le train le soir même et passerait la nuit ailleurs.

La Grande-Rue était très animée ; à voir les devantures on aurait pu croire qu'il y avait vraiment des choses à acheter : les magasins avaient sorti tout ce qu'ils avaient, pour les fêtes. Les chaussures avec bon et les boîtes de Nab étaient entortillées de cheveux d'anges, il y avait de jolis petits santons et des crèches. L'église à colonnes, là où la rue s'élargissait, semblait une grande personne parmi les enfants, tant elle était haute, large et imposante à côté des maisons de la Grande-Rue. L'hôtel n'était pas loin ; il y avait bien une chambre, mais il n'y avait pas de draps, c'est-à-dire qu'il y avait bien des draps, mais ils

1. Litt. « gris couleur de terre », couleur de l'uniforme allemand.

n'étaient pas secs, parce qu'au lieu de sécher ils avaient gelé. « Si vous voulez attendre qu'il soient secs, Mademoiselle... La chambre n'est pas chauffée, mais vous pouvez vous asseoir dans la salle à manger. »

La salle à manger où l'on ne donnait plus à manger était chauffée, si l'on veut. Juliette s'assit sur une chaise près du poêle. Une femme vêtue de lainages superposés, une vieille demoiselle, fit son entrée, suivie d'un chien. Elle avait la démarche de quelqu'un qui a mal aux pieds et ne peut se décider sur lequel boiter. Le pékinois trottinait derrière elle. La demoiselle tendit ses mains déformées au-dessus du poêle, le chien grimpa sur une chaise et se mit à éternuer.

« Il est enrhumé », dit la demoiselle, en souriant à Juliette, et elle sut mettre dans ces trois mots un plein d'accent anglais. Déjà dans la rue, Juliette avait entendu parler anglais ; cela devait être un lieu de résidence forcée. La vieille demoiselle sortait des bas d'un sac à provisions et les mettait à sécher à même le poêle : ils ne risquaient pas de brûler. « Il fait humide dans la chambre, rien ne sèche..., expliqua-t-elle. Oh, oh, Milly, ne toussez pas comme ça ! » Le chien râlait.

Il y avait du soleil au-dehors et il neigeait des diamants, folâtrant en désordre. « Vous ne pouvez pas arrêter ça ? » dit la demoiselle anglaise, en désignant de la main la neige à la patronne qui se montrait à l'ouverture dans le mur, par laquelle autrefois l'on passait les plats. La patronne sourit à la plaisanterie : « Ah ! ça non, je voudrais bien, mais à la Noël il faut qu'il neige... » Elle disparut. Une fille de quinze, seize ans, entra dans la salle : « Maman, cria-t-elle, est-ce qu'on goûte ici ou dans la pièce du fond ? » et elle regarda Juliette sans aménité : ce devait être Juliette qui encombrait la salle à manger au point qu'on serait peut-être obligé de goûter dans la pièce du fond... Elle avait une jolie taille et deux nattes qui ne devaient que préparer une coiffure. « Vous ne pouvez pas arrêter ça ? continuait à plaisanter la demoiselle anglaise. — Non, Mademoiselle, il faut bien qu'il neige pour la Noël... » Elle ouvrit la porte en grand pour sortir une table, probablement allait-on goûter dans la pièce du fond. Juliette se sentit de trop dans cet hôtel où on semblait ne pas aimer les clients. Elle ramassa son sac à lapin et sortit pendant que la petite criait à quelqu'un, d'une voix excitée : « Venez dans la pièce du fond, on a fait du feu dans la cheminée... Maman, les tartines !... »

Il neigeait, sur un fond gris : le jour se retirait. Juliette s'achemina vers la gare. Elle s'arrêta à nouveau devant les devantures des nombreux coiffeurs pour admirer les bouteilles d'eau de Cologne, factices, les boutons dans la mercerie... Elle entra dans un magasin de chaussures, séduite par des espadrilles d'enfant, sans bon ; mais il n'y avait pas la pointure de José, il avait de grands pieds pour un enfant de six ans. Une jeune fille et un jeune homme achetaient une paire de souliers à semelles de bois, mais avec le dessus en cuir ! Cela devait être des fiancés. Juliette entra dans une pharmacie pour essayer d'acheter un thermomètre. José avait cassé le sien, et dans les petites villes on trouve peut-être plus facilement les choses que dans les grandes... Mais il n'y avait pas de thermomètre. Partout les gens s'excusaient de ne pas avoir ce qu'on leur demandait, ils semblaient en être humiliés.

Dans le petit train aux carreaux cassés, un officier de gendarmerie bien nourri, les cuisses rebondies dans la culotte bleue, parlait tout le long du trajet à un jeune homme respectueux et qui devait sortir de chez le coiffeur, tant il embaumait. Il en résultait que le gendarme allait dans le Midi enterrer sa belle-mère. Le jeune homme se tâta pour savoir si cela exigeait des condoléances, il dit : « Ah... C'est un malheur. Des fois aussi, cela n'en est pas un... » Le gendarme ne lui facilita pas sa tâche, il ne dit rien, et les condoléances en restèrent là, sur un demi-sourire. Puis la conversation s'anima, il n'était plus question que de montagne, de ski, de championnat. Cela se passait sur la frontière italienne, où l'on ne faisait rien d'autre que de belles descentes. Pourtant, de temps en temps la guerre montrait le bout de l'oreille : « Mais si, disait le jeune homme, je l'avais très bien connu, c'était un petit brun, il est tombé à côté de moi en juin 1940, nous étions de la même classe... » Le train n'avançait pas, il n'avançait tragiquement pas. Dans la conversation sur les skis, de plus en plus animée, apparaissaient des noms de femmes avec de petits coups d'œil du côté de Juliette. Enfin, enfin, voilà le terminus.

Il faisait presque totalement nuit. Dans une gare éclairée en veilleuse, il y avait des gardes mobiles encore plus noirs que la nuit et des voyageurs massés sur le quai : il fallait traverser la voie, et pour ça attendre le départ d'un autre train. C'était un train de marchandises qui se mit en branle aussitôt. Les gens le regardaient passer, silencieux : des autos, des mitrailleuses, des chars sur plates-formes ouvertes, des soldats allemands, debout, en sentinelles... Puis des wagons fermés... Un train fantôme qui glissait interminablement, avec un bruit de roues qui témoignait de sa réalité. Parfois l'on voyait une tête casquée se pencher à la portière d'une voiture posée sur une plate-forme... « Ils n'ont donc plus d'essence, pour trimbaler des voitures par le train... », dit quelqu'un tout bas, derrière Juliette. Il n'y eut pas de réplique. « Ils remontent vers Paris... », dit une voix de femme. Ah, c'était la femme de l'autocar... « Oui, dit Juliette, et moi qui croyais qu'ils devaient aller vers la mer. — C'est à ne rien y comprendre... Ils ont tout raflé par ici, et nous quand nous allons dans les campagnes pour nous ravitailler un peu, on risque gros... », dit la femme. Le train s'arrêta dans un grand bruit de freins. Puis, se mit à reculer... Des voix allemandes criaient quelque chose, un soldat courait le long de la voie. Le train manœuvrait. « Il fait froid..., dit encore la femme de l'autocar, pourvu qu'il s'en aille à temps, ce train, on va rater la correspondance... » Le train s'ébranla à nouveau et les wagons se mirent à défiler. Il y en avait, il y en avait...

Il a fallu longuement attendre la correspondance. Juliette, appuyée contre un poteau, attendait. « Qu'est-ce que vous payez le lapin, Mademoiselle ? » Cette femme commençait à l'embêter, elle ne décollait plus, il faisait froid, de plus en plus froid... « ... mais vous allez voir, ils partiront plus vite qu'ils ne sont venus... ». Les gens battaient la semelle et regardaient au loin, espérant le train. Enfin, on le vit arriver, effrayant de rapidité, de puissance. Juliette hissa la valise et grimpa avec son sac à lapin. La femme, derrière elle... C'était plein... plein... plein... plein... Voici une place ! Juliette s'introduit dans le compartiment. « Il n'y a qu'une place », dit-elle à la femme toujours derrière elle. « Ça ne fait rien... » Mais elle avait l'air ulcérée, comme si sa meilleure amie l'avait trahie. Sans plus chercher, elle resta dans le couloir près du compartiment de Juliette, sa minable valise noire à ses pieds. Elle louchait, constata Juliette, et ses cheveux ressemblaient à son col de fourrure noire mouillé par la neige.

Dans ce compartiment de troisième il y avait un petit homme malingre et pâle, avec sa femme et une gentille petite fille ; dans le coin, une jeune femme déjà sans âge, en noir, en deuil, peut-être ; en face de Juliette, un monsieur, retour du wagon-restaurant, entre le blond et le gris, en somme sans couleur, flottant dans son veston. Un compartiment complaisant, de bon poil : ce fut le petit homme malingre, le père de la fillette, qui reçut par la fenêtre le sac rouge d'une dame et sa valise et aussi une serviette en cuir jaune. « Et le pourboire, disait-il, et le pourboire ! » Le sac à main appartenait à une dame chapeautée qui avait dû être belle, il n'y avait pas si longtemps... À l'heure qu'il était, elle semblait ne plus penser à la toilette que distraitement, par habitude, comme elle faisait encore passer ses cheveux au henné, et comme elle se fardait, un peu n'importe comment. La serviette en cuir jaune était suivie par un jeune homme au type levantin, joli, le cheveu un peu long, avec un pardessus bien coupé. On changea de place pour que la famille se trouvât du même côté, cela leur était plus commode pour manger.

« Pardon, Monsieur, demanda Juliette à son vis-à-vis, l'homme flottant et sans couleur, est-ce qu'il y a de la place dans le wagon-restaurant ?

— Vous pouvez y aller ! Pour trente-cinq francs vous aurez droit à des pommes de terre. Un point, c'est tout. Pardon, du céleri… Le céleri, ça vous rend amoureux, mais pour ce qui est des matières grasses, nib ! »

Un sourire voltigea dans le compartiment.

« Bon, dit le monsieur, je vais donc à Marseille dans un bistrot marché noir. On me sert de la mortadelle, j'attends la suite… À la table à côté, il y avait des messieurs qui dînaient comme moi, qu'est-ce que je dis, comme moi, comme des rois ! J'ai à peine mangé ma mortadelle qu'ils se lèvent, viennent à moi et me disent : "Monsieur, vous avez mangé de la mortadelle, vos papiers d'identité, s'il vous plaît !" Je leur ai donc dit que quand on avait dîné comme ils avaient dîné, on ne venait pas chicaner les gens pour une rondelle de saucisson et leur demander les papiers d'identité… J'ai refusé de montrer mes papiers, ça a fait toute une histoire, ils ont fait venir les flics, et voilà ! Je passe en correctionnelle…

— Nous sommes tous en liberté provisoire, dit le père de la petite fille.

— En attendant, je ne suis plus vierge... »

On rit, la jeune fille en noir y comprise, et la dame chapeautée demanda :

« Comment ça ?

— Je n'ai plus mon casier judiciaire vierge. » Il paraissait très embêté. « J'ai maigri de dix-huit kilos avec ces histoires de céleri. Regardez, Madame (il sortait de son portefeuille ses papiers d'identité avec sa photographie), regardez comment j'étais et ce que je suis devenu !...

— En effet, dit la dame.

— Pour peu que ça dure, continua l'homme flottant dans ses vêtements, et nous en avons pour au moins deux ans encore...

— Oh, non ! se récria le compartiment.

— Ils sont encore très forts, affirma l'homme flottant, regardez-les, comment ils sont habillés et le matériel qu'ils ont !... Vous devriez les voir à Paris...

— Vous venez de Paris ?

— Je fais la navette...

— C'est comme moi, dit sa voisine, la dame chapeautée, j'ai traversé la ligne en fraude bien une vingtaine de fois.

— Ah non, dit le père de la petite, je suis cheminot, je viens de Paris, c'est à Paris qu'on voit qu'ils sont fichus... On a déjà supprimé Doriot[1]...

— C'est vrai, cette histoire ?

1. Jacques Doriot (1898-1945), député communiste jusqu'en 1934, puis fondateur, après son exclusion du Parti, du Parti populaire français. Il devint le chantre de la collaboration avec l'Allemagne où il meurt en 1945. L'information donnée ici appartient donc à la rumeur.

— Je pense bien ! C'est-à-dire, je ne sais pas s'il est mort, mais pour l'attentat, c'est sûr !

— Mon fils est prisonnier, disait la dame chapeautée, il m'écrit que le jour où les prisonniers reviendront... Ils ne peuvent pas comprendre que l'on puisse être d'accord avec leurs geôliers. C'est infâme ! Dire que ce sont des Français qui se conduisent de la sorte... Rien que les mesures anti-juives[1], il y a de quoi périr de honte... des Français !

— Des bons Aryens..., fit le monsieur qui n'était plus vierge, des bons à rien ! Et la Relève[2] ? Je ne sais pas ce que vous en pensez, mais mon grand-père, par exemple, n'en pense plus rien ! »

Le compartiment, la jeune fille en noir comprise, se gondolait. Dans le couloir, portant dans ses bras une caisse, apparut un Allemand, dix-sept ans ! pas plus... Il était suivi d'autres Feldgrau... Adossé à la porte du compartiment de Juliette, un homme à chapeau mou lisait un journal largement déployé : il barrait entièrement le passage à la caisse et à la file des Allemands. Cela fit une espèce de bousculade, les Allemands tout

1. Dès octobre 1940, le gouvernement de Vichy avait procédé au recensement de la population juive de France et instauré pour elle un statut particulier, l'excluant notamment de la fonction publique. Les juifs étrangers allaient être rapidement placés dans des camps. Cette loi fut suivie, dès 1941, d'une longue série de mesures : limitation drastique ou interdiction de certaines activités professionnelles, confiscation des biens, etc. Le port de l'étoile jaune fut rendu obligatoire dans la zone occupée dès mai 1942.

2. Le principe de la Relève fut établi en 1942 : il établissait qu'en contrepartie du départ de trois ouvriers spécialisés pour l'Allemagne, un prisonnier de guerre rentrerait en France. Une vaste campagne de propagande fut lancée par le gouvernement de Pierre Laval pour convaincre les jeunes gens qualifiés de partir.

souriants, et le Français hurlant si fort qu'on l'entendit clairement à travers la porte fermée, à l'intérieur du compartiment : « Ne poussez donc pas, bande de salauds ! » Il fulminait ! Les Allemands passèrent, avec caisses et sourires.

« Ça, c'est un frère, s'exclama la dame chapeautée, ça c'est un frère ! Vous l'avez entendu ? On va lui dire d'entrer pour le faire asseoir, on se poussera !... » Elle ouvrit la porte : « Venez, Monsieur, ça c'est parler ! Vous êtes un frère, on va vous faire une petite place... »

L'homme, gêné par ce succès imprévu, entra. On se poussa, on lui fit une petite place, et il se mit aussitôt à raconter une longue histoire d'un Allemand qui avait poussé une femme avec un enfant en présence d'un ami à lui et ce que cet ami avait dit et ce qu'il avait fait à cette occasion.

« J'ai entendu dire que les Anglais avaient bombardé un aérodrome près de Paris, hasarda le jeune homme au type levantin qui jusqu'alors n'avait pas pris part à la conversation.

— Ah ? »

L'intérêt fut général, c'étaient tous des Parisiens, repliés ou pas. On calculait quel aérodrome cela pouvait bien être.

« Oui, dit le vis-à-vis flottant de Juliette, le joyeux luron, n'empêche qu'ils sont encore très forts...

— Ils tiendront jusqu'au printemps si on a de la chance, jusqu'en automne si on n'en a pas », fit Juliette. Il l'agaçait ce type.

« Et de quelle source tenez-vous votre renseignement, Mademoiselle, de Nostradamus ? »

Juliette lui fit un beau sourire, avec fossette :

« De la situation générale », dit-elle, et elle sortit les restes de ses provisions ; elle n'allait pas payer trente-cinq francs pour des pommes de terre.

« Si les Anglais avaient fait un deuxième front en 42, les Allemands seraient battus à l'heure qu'il est, dit le cheminot, jetant à Juliette un regard de sympathie. Ce sont les Anglais qui leur ont sauvé la mise. »

Le vis-à-vis de Juliette ne dit rien, il la regardait manger.

« Ça c'est d'accord, renchérit l'homme au chapeau mou, les Anglais se débrouillent mal, on dirait qu'ils le font exprès... Mais les Russes remporteront la victoire au printemps. Et d'abord, on n'a fait que nous mentir, continua-t-il avec véhémence, la véhémence semblait lui être naturelle, les Russes n'ont pas d'armée, les Russes n'ont pas de généraux, les Russes n'ont pas de matériel, et patati et patata... Eh bien, on dirait qu'ils en ont !

— Savez-vous ce que pensent divers pays de l'armée en général ? interrompit le joyeux luron flottant dans son veston. Pour l'Anglais c'est un métier, pour l'Allemand une nécessité, pour l'Italien une belle tenue, et pour le Français... elle le fait chier. »

« Ha-ha-ha-ha... », rit le compartiment, la jeune fille en noir comprise. La dame chapeautée qui depuis un moment avait fermé les yeux, essayant de dormir, sourit.

« Vous ne dormez que d'un œil, Madame, si j'ose dire », fit le joyeux luron, et il se mit à lui chuchoter des choses à l'oreille, puisqu'elle était assise à côté de lui.

Juliette ferma les yeux, elle aussi. Maintenant le jeune homme au type levantin prenait part à la conversation. Il parlait de la Turquie, de l'antinazisme turc, de l'intérêt que les Turcs avaient à se ranger du côté des Anglais et des Russes. Il avait une voix timide et cultivée, cet accent qu'il avait pouvait bien être un accent turc... Il faisait chaud dans ce compartiment.

« En attendant, disait la voix du joyeux luron, les Anglais n'avancent pas vite, avant qu'ils n'arrivent en Tunisie, à travers les sables... »

Ce fut un tollé général : mais alors ! il n'écoutait donc pas la radio, ou alors il se représentait mal la carte ! Voyons ! On lui démontrait avec force détails et noms à l'appui, en indiquant le nombre de kilomètres entre les différents points, que les Anglais y seraient dans très peu de temps...

« Il n'y a pas de routes nationales dans le désert, c'est du sable », disait l'homme flottant pour se défendre.

Puis il y eut une accalmie. Au-dehors, il faisait nuit noire et il pleuvait, les vitres semblaient marquées par la petite vérole. En fait de défense passive, les stores étaient levés et l'ampoule éclairait gentiment le compartiment.

« Est-ce que vous avez une chambre à Lyon, Mademoiselle ? dit le joyeux luron en s'adressant à Juliette.

— Mais oui, Monsieur...

— Parce que moi, je trouve toujours une chambre, je ne vous propose pas de la partager, loin de moi cette idée ! mais je pensais que par ce temps, si vous n'en aviez pas, j'aurais pu vous en trouver... Dans l'hôtel où je descends d'habitude, j'ai dit une fois pour toutes à la caissière que si elle ne me donnait pas une chambre, je couchais avec elle. Sanctions ! Alors, vous comprenez ! C'est du marché noir, ce rouge à lèvres, Mademoiselle ? »

Il regardait Juliette avec son œil de pince-sans-rire...

Pendant qu'elle essayait d'avancer dans la foule, sur le quai, Juliette pensait que l'homme du train était inquiétant. Elle se retourna plusieurs fois, mais elle semblait avoir bien de l'avance sur les passagers de son wagon. D'ailleurs si elle devait s'inquiéter de chaque homme inquiétant... La femme qui louchait, par exemple, est-ce que c'est normal de se cramponner ainsi ? C'était probablement une femme qui ramenait du ravitaillement de la campagne et qui croyait que Juliette en faisait autant, alors comme elle avait peur, elle aimait mieux qu'elles fussent deux... Juliette sortit de la gare. La ville noire et boueuse se referma sur elle.

Son rendez-vous n'était que pour le lendemain matin, on lui avait donné une adresse d'hôtel où elle trouverait sûrement une chambre si son train arrivait trop tard pour qu'elle puisse rentrer chez elle. Elle y arriva à moitié morte de fatigue, elle n'en pouvait plus, mais plus du tout. L'hôtel se trouvait dans la cour. Deux énormes chiens-loups gras et renifleurs se tenaient près de l'hôtelier qui avait une drôle de gueule. Il ne demanda pas à Juliette de remplir une fiche et la mena par un escalier étroit dans une chambre où il faisait très chaud. Ce fut tout ce qu'elle en sut : elle se déshabilla, les yeux fermés, et allait s'endormir aussitôt couchée... quand elle se releva d'un bond, mit son manteau par-dessus la chemise de nuit, des pantoufles, et sortit dans le couloir : elle avait oublié dans le bureau de l'hôtel son sac à lapin.

Le couloir était étouffant de silence, cela sentait le chauffage central... Juliette alla à tâtons jusqu'à l'escalier et s'apprêtait à descendre quand elle vit, d'en haut, la porte d'entrée s'ouvrir : des hommes... trois... cinq... huit... Chapeaux mous, pardessus, gros dos, gueules... Juliette s'adossa au mur, espérant passer pour le dessin du papier, elle ne pensait même plus que l'escalier n'était pas éclairé et qu'il y avait peu de chance qu'on puisse la voir d'en bas.

« Voici la planque, dit un des hommes en se frottant les mains.

— Eh ben !, dit un autre en jetant un regard circulaire englobant le patron sorti du bureau de l'hôtel, les énormes chiens qui le suivaient et qui se mirent aussitôt à tourner à pas de loup entre les hommes, les reniflant... Eh ben ! faire huit kilomètres à pied pour en arriver là... »

Ils passèrent à la queue leu leu dans le bureau... Juliette, en haut de l'escalier, dans le noir, attendait : il lui fallait le sac à lapin, il le lui fallait à tout prix ! Avec des hommes comme ceux-là dans la maison, ces gangsters, le marché noir, la traite des Blanches, et le sac qui traînait ! Le silence était maintenant à nouveau total, Juliette attendit encore un bon moment, puis se précipita en bas. Le bureau était plongé dans l'obscurité, mais elle n'eut pas à allumer, elle se rappelait où elle l'avait posé... s'il était encore là... Il était là ! Dieu soit loué... Quatre à quatre, elle remonta l'escalier.

Elle se recoucha sans éteindre, son cœur battait follement. Avant qu'elle ne s'endorme, maintenant ! Elle avait eu trop peur... Peu à peu, la chambre se précisa devant elle, elle pensa à nouveau, comme dans la maison de campagne : « Ils ont du culot de m'envoyer dans un endroit pareil... » Car on n'a pas besoin d'être une habituée de lieux de ce genre pour les reconnaître. Et elle s'endormit aussitôt.

Sur la plaque de cuivre, près de la porte, il y avait : *Dr. Arnold, gynécologie*. Une maison toute neuve, toute blanche, un mouchoir blanc tombé dans la boue des maisons de Lyon. Juliette monta un escalier où cela sentait le vernis et le plâtre, et sonna à la porte en acajou : la plaque de cuivre et le bouton brillaient, de vrais soleils. Une bonne vint ouvrir : « Vous avez rendez-vous, Mademoiselle ? » Elle introduisit Juliette dans un salon très hygiénique, avec des chaises cannées, le parquet brillant, sans tapis, la table à livres et journaux, avec un dessus de verre, deux vitrines où l'on était étonné de trouver des bibelots chinois à la place d'instruments d'acier. Aux murs, des aquarelles sous verre et, dans un coin, sur un guéridon à dessus de verre, un grand bouquet de mimosas. Trois femmes attendaient, somnolentes, dans un silence de salon d'attente. Juliette prit un *Dimanche Illustré*, essaya de lire... Les autres femmes n'essayaient même pas, elles attendaient. Le temps passait, rien ne bougeait derrière les portes, le silence commençait à bourdonner aux oreilles de Juliette comme une grosse mouche noire, et elle allait s'assoupir, quand la porte s'ouvrit et le docteur rouquin apparut. L'une des femmes bondit sur ses pieds et le docteur s'effaça pour la laisser passer. Juliette se remit à attendre. Cette fois, ce ne fut pas long, et quand la porte s'ouvrit à nouveau, le docteur s'adressa à elle avec un : « Voulez-vous entrer, Mademoiselle ? » faisant en même temps un geste de la main pour remettre à sa place l'autre femme qui s'élançait déjà. Il avait une brusquerie toute chirurgicale.

« Alors ? » dit-il, en fermant la porte et allant se mettre dans son fauteuil, derrière le bureau. Juliette s'assit de l'autre côté. Dans son dos, la table d'examen avait un air d'instrument de torture passé au ripolin blanc et ce n'étaient pas des bibelots chinois qu'il y avait dans une vitrine.

« Vous pouvez en envoyer dix, à la rigueur douze... Évidemment, presque dans toutes les fermes ils comptent sur un coup de main pour le travail... Mais les hommes y seront bien nourris, même sans cartes d'alimentation. On pourrait y envoyer non seulement ceux de la Relève, mais aussi y cacher des politiques.

— Ah ! je n'en suis pas fâché ! J'en ai deux qui couchent dans le salon d'attente, par terre. » Le docteur se frottait les mains, des mains toutes roses à force d'être lavées cent fois par jour.

— Je vous apporte ceci... » Juliette fouilla dans le sac, souleva le lapin et sortit une liasse de billets de banque : « Ça fait cent mille.

— Et vous trimbalez ça dans un sac à provisions, ouvert à tous les vents ? Vous êtes prudente, au moins ? » Il comptait l'argent : « Comment va-t-il, Dominique ?

— Il n'a pas l'air d'aller mal, il vous envoie ses amitiés.

— Autre chose : j'apprends à l'instant qu'on est sur le point d'arrêter six hommes en Avignon, des cheminots, des types magnifiques. Je crois qu'il y aurait le temps de les prévenir, en tout cas il y a une chance... Je n'ai personne, absolument personne à y envoyer, je ne peux pas y aller moi-même, ça m'est totalement impossible... Est-ce que vous pourriez y aller, immédiatement ? Six hommes...

— Bon, dit Juliette, est-ce que j'ai le temps de rentrer chez moi ? Si j'avais le temps de me laver et de manger...

— Vous avez un train à quatre heures et quelque... Parfait ! Autre chose : puisque vous allez en Avignon, vous pourriez en même temps y porter des cartes d'alimentation en blanc : si les gars vont prendre le maquis, elles leur seront utiles, en tout cas j'en ai promis à Célestin... C'est un nommé Célestin que vous verrez en Avignon. Au retour, vous vous arrêterez à Valence, il faut absolument que je fasse parvenir quelques cartes à nos hommes, là-bas. Vous serez prudente, n'est-ce pas ?

— Je suis très prudente..., dit Juliette. Mais si vous pouviez me donner une tasse de quelque chose de chaud à boire... Ça ne va pas... Je ne sais pas ce que j'ai. Je n'ai pas pris mon petit déjeuner ce matin.

— Je vous demande pardon, je suis une sombre brute ! » Le docteur sonnait. « On va vous apporter ça et vous prendrez un petit verre d'alcool... Ma femme est partie avec les enfants pour les fêtes, mais vous n'avez qu'à aller vous étendre dans la chambre. Madeleine, conduisez Mademoiselle dans la chambre et portez-lui une infusion de quelque chose et du pain grillé. Il faut qu'elle se repose avant de partir. Je vais expédier ces femmes en vitesse et je suis à vous. »

Juliette avait l'air suffisamment dolente pour que la bonne, pleine de sollicitude pour cette jeune femme probablement enceinte, ne s'étonnât de rien. Elle enleva rapidement le couvre-lit de soie et Juliette s'étendit sur le large lit conjugal du docteur. Elle dormait profondément quand le docteur entra dans la chambre.

« Autre chose, dit le docteur, en s'asseyant sur le lit, il est midi et si vous voulez passer chez vous... Au retour d'Avignon...

— N'oubliez pas qu'au retour d'Avignon, les fêtes seront finies, je n'aurai plus que les matins de libres... Et il y a la Boîte-à-lettres... Vous ne m'avez pas parlé d'un petit verre d'alcool ?

— Je suis une sombre brute... » Le docteur se passa deux mains roses dans les vagues de ses cheveux roux : « Je vais vous le chercher. » Au lieu de quoi il prit la main de Juliette et la baisa : « Pauvre enfant, ce n'est pas une vie ! J'ai une jolie fille dans mon lit et, au lieu de lui faire l'amour, je m'emploie à l'envoyer au diable, faire un métier pas fait pour elle, mais pas fait pour elle du tout... Vous me direz que c'est normal...

— Non, c'est vous qui le direz !

— Vous pouvez me chiner, allez ! Vous ne direz pas que ce n'est pas normal que, par les temps qui courent, tout soit anormal ! On peut encore, à la rigueur, culbuter une femme, mais où voulez-vous qu'on prenne le temps, la liberté d'esprit nécessaires pour parler d'amour à une charmante enfant comme vous ? C'est à peine si on a le temps de faire des enfants…

— Mais vous êtes tout excusé ! » dit Juliette, et le docteur rougit comme une jeune fille. Il se leva :

« Je vais chercher cet alcool », dit-il, et il sortit.

Juliette mit ses souliers, but avidement l'infusion froide qui était restée sur un plateau, près du lit.

« J'espère que vous l'apprécierez… (le docteur revenait avec une bouteille de fine et deux verres), vous savez que c'est introuvable à l'heure actuelle… Et voici les cartes. Où les mettrez-vous ?

— Sous le lapin.

— Parfait. Elle est bonne ? Parfait… Maintenant dépêchez-vous de me donner tous les détails des planques chez les paysans.

— Le mieux est d'aller d'abord chez les Bourgeois… »

Juliette se mit à expliquer par le menu comment il fallait procéder. Pour le terrain d'atterrissage, Dominique l'avait chargée de dire qu'il n'y avait rien de sûr, mais que ce serait le diable si dans ce pays désertique et où les gens sont bien, très bien… Dans le patelin des Bourgeois, si on peut appeler ça un patelin, avec la distance qu'il y a entre les fermes, ils avaient tous voté pour les communistes, en 36, c'est dire combien ils les aiment, les Boches ! C'étaient les Bourgeois qui lui avaient raconté ça. C'est drôle de s'appeler Bourgeois et d'être communiste ! L'ancien terrain fonctionnait très bien, Dominique y avait mis des gens pour recevoir les paquets parachutés...

« Parfait... Votre train est à quatre heures cinquante. Tout ce que vous aurez à faire en arrivant, c'est de téléphoner, voici le numéro, et voici la liste des cheminots visés, il faut qu'ils filent immédiatement, sans prendre le temps de ramasser leurs affaires, d'embrasser leur femme, ça peut être une question de minutes, et ça peut être une question de vie ou de mort... Vous avez compris ? Vous demanderez au téléphone M. Célestin, il vous donnera un rendez-vous et vous lui remettrez la liste. Allez, filez, mon enfant. C'est une question de vie ou de mort, ne l'oubliez pas...

— Je n'oublie pas...

— Bon... Vous êtes prudente ?

— Je suis prudente...

— Revenez me voir dès votre retour. »

Quand tante Aline et José surent qu'elle repartait, ce fut la consternation. Partir pour le Réveillon ! Tante Aline avait fait la queue pendant trois heures pour avoir des huîtres, il y avait de la choucroute avec de la vraie saucisse pour remplacer la dinde... Le lapin que Juliette avait apporté n'avait été accueilli qu'avec un demi-enthousiasme, puisqu'on le mangerait sans elle. Et le Père Noël était fichu de ne pas venir s'il apprenait que Juliette ne serait pas là. José alla se jeter sur le lit, dans la chambre. C'était affreux de l'entendre sangloter.

« Tante Aline, je t'assure que c'est une question de vie ou de mort... »

Tante Aline, toujours droite, mais la poitrine rentrée, et la tête blanche un peu dodelinante, ne dit rien et se mit à fourrager dans ses casseroles sur le fourneau. L'électricité était allumée en plein jour, la cuisine donnait sur la cour, mais comme c'était la seule pièce chauffée, c'était là que l'on se tenait. Sur la toile cirée écaillée, deux couverts étaient mis : on ne l'attendait plus pour déjeuner, il n'y avait que des pommes de terre et, par chance, un morceau de fromage. Est-ce qu'elle voulait un verre de vin ? En principe, on avait gardé le vin pour le Réveillon. Oh, ça m'est bien égal. Dans la longue chambre étroite, avec une alcôve profonde d'où Juliette avait tiré les lits, parce qu'elle n'aimait pas coucher dans une niche, et que c'était bien commode par contre d'y garder les pommes de terre, dans cette chambre étroite, où il y avait deux lits jumeaux en fer et le petit lit de José au pied des deux autres, José pleurait couché sur le ventre, la tête enfouie dans l'oreiller de Juliette (il allait toujours se coucher sur le lit de Juliette).

« Mon petit adoré, mon cœur, disait Juliette, le couvrant de baisers, sois un homme, tu sais bien que les Allemands sont méchants et qu'il faut les chasser de chez nous...

— Je ne veux pas que tu les chasses quand c'est le Réveillon ! Tu les chasseras un autre jour...

— Tu auras ton cheval sans moi, je te le promets, et tu apprendras à le monter pour que tu sois un vrai cavalier quand je serai de retour, après-demain hein ? Tu me garderas de la choucroute, ça se garde très bien la choucroute, tu sais...

— Et les huîtres ?

— Et les huîtres... on en achètera d'autres, j'en ramènerai peut-être... Tu veux ?... Tu auras un gros morceau de lapin, tu aimes bien le lapin ?... Mon petit cœur adoré... »

Elle ne le grondait même pas d'être monté avec ses souliers sur le couvre-lit tricoté, qu'ils avaient apporté avec eux de Paris. Elle le tenait dans ses bras, le petit José, tout brûlant de larmes, de chagrin, les yeux des diamants noirs, les cheveux en volutes, le corps solide, un port de tête de pursang, de petit paysan catalan.

« Tante Aline m'a dit que tu savais lire l'heure, c'est vrai cette histoire ? »

José courut à la petite table entre les deux lits, sur laquelle il y avait une grande photographie dans un cadre d'argent avec un ruban de deuil (celle du frère de Juliette, tombé en Libye), une carafe d'eau, le verre dans lequel tante Aline mettait ses fausses dents avant de se coucher, et une petite pendule nickelée, elle aussi apportée de Paris, précieuse... La tristesse de cet appartement meublé n'aurait pas été tolérable pour tante Aline, sans ces quelques objets qui lui cachaient la misère des meubles boiteux (on avait beau les astiquer, ils restaient toujours ternes, ravagés, pas nets), des casseroles cabossées, de la vaisselle ébréchée, la misère de cette maison, le couloir, l'escalier sombre... Dire qu'ils payaient ce taudis sept cents francs par mois, et encore contents de l'avoir trouvé après un an de vie à l'hôtel, avec un enfant... Il y avait tout de même un lavabo dans la chambre, de l'eau courante. Juliette, avec José dans ses jambes, se déshabillait, se lavait. Tante Aline lui présenta le chandail qu'elle avait fini de tricoter : son petit Noël. Juliette le mit aussitôt, tant pis si elle le salissait pendant le voyage, il était trop joli ! Bleu marine, montant au ras du cou, un point très compliqué, inventé par tante Aline. On déjeuna presque gaiement, on prit une tasse de café... Pendant que Juliette faisait tremper ses mains dans l'eau chaude, elle n'arrivait pas à les nettoyer après ces quelques jours à la campagne, ce feu de bois, une horreur, tante Aline brossait son manteau bleu marine. À chaque fois qu'elle le prenait en main, tante Aline disait que Juliette avait fait une affaire le jour où elle l'avait acheté, en solde, dans une grande maison, il était inusable, et ces manteaux sport ne se démodent jamais. « Je me demande si tes souliers feront cet hiver... », tante Aline les retournait dans tous les sens, en les astiquant avec une crème qui sentait très fort, toutes ces crèmes de maintenant sentent très fort et ne nettoient rien... Alors, les paysans l'avaient bien reçue ? Il y avait donc du mieux dans l'état d'esprit du pays, ils finiront peut-être par comprendre ! Tu prendras bien une tasse de thé, avant de partir ?

Juliette remit son béret, embrassa José et tante Aline. Pourvu qu'elle ne rate pas son train. Oui, elle serait prudente, très prudente...

Les papillons de feu dansaient devant les yeux fermés de Juliette. Ils continuaient leur danse quand elle avait les yeux ouverts. Un arbre de Noël levait de petits doigts de feu, il se tenait sombre et argenté dans un coin, son étoile touchait la voûte croisée du plafond. Des bougies brûlaient sur la table desservie, il y avait du feu dans la cheminée. Toutes ces flammes en liberté se posaient çà et là, découvrant entre les meubles, les tapis, les draperies, les tableaux, de la pierre d'un gris de perle. Au-dessus des portes, des amours en pierre tenaient de lourdes guirlandes sculptées. Il y avait des amours en pierre au-dessus de la haute cheminée, mais les étroites baies gothiques, cachées maintenant derrière des rideaux, l'ogive finement modelée, auraient pu appartenir à une église. C'était comme pour les meubles : il y avait là des bancs, des sièges à hauts dossiers droits et d'autres dans lesquels on se perdait, tant ils étaient larges et moelleux.

« *L'aria, l'acqua, la terra è d'amor piena*[1]...

1. C'est le 6 avril 1327 que Francesco Pétrarque (1304-1374)

L'amour vous tient entre les murs de ma ville... "Avignon-la-Folle !", ville sainte, ville satanique, vouée aux miracles et aux sortilèges, à la Vierge, à Vénus, aux démons, embrasée par les feux des bûchers, par les fêtes de nuit... Les péchés de bouche, le nonchaloir, les femmes les plus belles, d'adorables femmes galantes, de galants hommes... Et voilà qu'à l'amour il pousse des ailes, c'est l'amour sacré, l'amour éternel... Les couvents se ferment sur les femmes qui quittent ce monde... Vous verrez ce que c'est que la magie d'Avignon ! Dans quelle autre ville trouverez-vous sur un mur une inscription glorifiant la naissance d'un amour, comme celle d'un grand homme : *Ici, Pétrarque conçut pour Laure un sublime amour qui les fit immortels*... Et ne croyez pas qu'Avignon succombe sous le poids de l'histoire, cette ville est tissée de légendes, chaque jour y ajoute un fil, ici chacun est Pétrarque, chacune est Laure... Que de couples immortels dans les rues de cette ville de l'amour, de cette ville mystique et galante... Et maintenant... Maintenant, ils nous ont tout pris... Jusqu'à nos rêves d'amour... Le monde n'est plus peuplé que de couples séparés, d'amour déchiré, déchirant... Leurs drapeaux sur nos murs, la foule des soldats conquérants... »

Il regardait le feu à travers le vin rouge de son verre. Une culotte de cheval, des bottes, une vareuse sans galons, déboutonnée... Un grand

---

rencontra à Avignon dans l'église Sainte-Claire une jeune femme, Laure de Sade, dont il devint follement amoureux. Elle lui inspira les sonnets du *Canzoniere* et mourut de la peste en 1348. Le vers cité est extrait du « Zefiro torna » (*Canzoniere*, n° 310), qui fut mis en musique par Monteverdi.

corps avec des mouvements si brusques qu'on s'attendait à ce qu'il renversât tout, mais il n'en était rien, il avait l'adresse d'un cheval qui prend l'obstacle sans l'accrocher. Une tête d'archange, sombre, déchu, l'œil brûlant, exorbité, sous un sourcil fier... Le feu, la chaleur tropicale de la pièce semblaient venir de lui.

« Entre la famine, le revolver, la prison... où loger l'amour ? Il se venge, il nous échappe, nous l'avons perdu ! J'irai, vous irez nu-pieds dans la neige pour faire échapper un camarade inconnu à la mort... On tue !... On tue les traîtres... Plus la moindre fissure dans l'esprit, dans le cœur, où loger un autre amour que celui du partisan. Des hommes exténués d'héroïsme sans éclat, sans éperons, sans fanfares, exténués de privations, de manque d'illusions, de la hideur de l'ennemi et de celle des traîtres... »

Juliette suivait le vol des papillons de feu devant ses yeux. Elle sentait le feu la remplir, elle devenait un récipient, plein de feu jusqu'aux bords, comme cette braise devant elle.

« Ma tendre amie, disait-il, nous avons pu aujourd'hui sauver six des nôtres... Vous n'êtes venue ni sur une comète, ni en caracolant sur un cheval, vous avez pris le train et affronté les gendarmes, vous avez mangé un sandwich de saucisson en caoutchouc et moi j'ai enfourché ma bicyclette... J'ai vu de pauvres gens affolés, quittant femme et enfants, pour aller se tapir quelque part... On fait ce qu'on peut, on se défend, on attaque, on se dit parfois qu'on n'est pas plus qu'un moustique sur la peau grise de l'éléphant... Rose, vous ne dites rien...

— Non, pas Rose, Juliette... Donnez-moi à boire. Je vais vous proposer un jeu... On va jouer comme si on s'aimait...

— Comment joue-t-on à ce jeu ?

— Comme on jouait d'aller en visite, ou au médecin... Tout est *comme si*, vous savez bien...

— Je ne suis pas très sûr de savoir jouer...

— Si, vous saurez très bien. J'en ai besoin.

— Vous êtes le courage et la féminité mêmes ! À vous, Juliette qui, dès maintenant, êtes mon amour, je vous dirai quelque chose... Parce que je vous aime, et que je suis un peu saoul : avant-hier, j'ai tué un homme...

— Ah ! dit Juliette, je vous aime...

— Il avait torturé, tué... Nous avons décidé de le supprimer. Il est dans le Rhône.

— C'est la guerre.

— Il a fallu, pendant des jours, le suivre, l'espionner... Il faut être tenu par la haine et la conviction de son bon droit pour pouvoir le faire sans déchoir.

— On ne vous soupçonne pas ? Je vous aime, je ne veux pas vous perdre...

— Juliette... »

Célestin glissa à terre, il était à genoux et baisait les petits pieds nus de Juliette.

« Maintenant, je vais aller me coucher », dit-elle.

Elle s'appuya sur son bras. La traîne de la longue robe d'intérieur la suivait, une robe qui avait des manches bouffantes et dont la jupe faisait tant de fronces autour de la taille que celle-ci paraissait fine à se casser. Les pieds nus de Juliette se cachaient dans des mules à talons dorés.

Les trois torches d'une lampe à pied brûlaient. La couverture était faite, une chemise de nuit étalait en croix ses manches de dentelles. Le lit à colonnes faisait face à une glace dans un cadre doré ; de chaque côté de la glace, il y avait une belle porte sculptée. Les fenêtres disparaissaient derrière des portières de soie blanche, brodée de blanc. Une coiffeuse entre les fenêtres, avec le couvercle relevé, doublé d'une glace, était encombrée de flacons, de boîtes de toutes les formes et couleurs. Il y avait des bibelots sur la cheminée où il y avait un feu, et des coussins sur les sièges et par terre... Au mur, au-dessus de la coiffeuse, pendait une photographie, étonnamment grande, grandeur nature : c'était une femme, assise très droite, les yeux détournés, les bras croisés sur la table, sans qu'elle s'y appuyât. Elle était habillée d'une robe sombre, à col montant.

« J'ai voulu qu'elle habitât cette pièce, même quand elle en est absente... » Célestin regarda Juliette droit dans les yeux.

« Bonne nuit, mon amour », dit Juliette, sereine, et elle l'entoura de ses bras, à demain...

« À demain, tu vas te reposer, dormir... » Il chantonna :

Dans le mitan du lit
La rivière est profonde,
Nous y pourrons dormir
Jusqu'à la fin du monde[1]...

1. Elsa Triolet cite, en en fusionnant les deux derniers couplets, une chanson populaire datant du XVIIIe siècle, *Aux marches du Palais*.

« Une belle chanson pour toi... »

Célestin la serra contre lui. Il voguait dans un ciel de Noël, noir, étoilé. La douceur qui l'envahissait était telle qu'il eut à peine la force de dire :

« Je t'aime...

— Bonne nuit », répéta Juliette. Célestin sortit. Noël, Noël, Noël...

J'aime parler d'une ville quand je l'ai déjà quittée, quand je ne peux plus aller la photographier du regard et combler sur place les trous de la mémoire. J'aime pouvoir en parler librement, la peindre telle qu'elle se présente en moi à travers le temps et l'espace, telle qu'elle se reflète dans le miroir déformant du souvenir. Avignon, ville aux grands murs, s'étirant vers le ciel... Dans mon cœur et devant mes yeux apparaît une immense harpe, le haut touchant le ciel, le bas posé sur un piédestal de pierre grise, claire. Le terrible vent d'Avignon parcourt ces murs et il me semble y avoir entendu de ces faux accords sans délivrance...

Mais le lendemain de la nuit passée sans rêves dans le lit à colonnes, quand Juliette marchait avec Célestin, bras dessus bras dessous, le long du Rhône, ils ne voyaient point le paysage, cette harpe immense, le Rhône qui coulait avec son habituel tourment, ils regardaient d'un air absent les arbres, le ciel, attentifs à ne pas s'éloigner l'un de l'autre, pas d'un pouce... Les gens qui s'en allaient les bras ballants semblaient accomplir un rite. Noël blanc et étoilé en plein jour, rendait autour d'eux un son de cloche.

Le déjeuner au restaurant était un déjeuner de Noël. Tout le pays avait fait un effort désespéré pour bien manger, ou pour manger tout court, ce Noël-là... Il y eut de la dinde aux marrons, le tablier de la serveuse était empesé, il y avait des œillets sur la table, des boules de gui au-dessus de la tête, un petit arbre de Noël dans un coin. La salle était chauffée et le jardin derrière les fenêtres fêtait Noël. Après le café, ils montèrent au Fort Saint-André[1].

Il était gris et seul dans un ciel formidable. Un aigle sur un roc. Les deux tours de l'entrée, énormes jumelles pour astronome géant, grossissaient encore, au fur et à mesure qu'ils s'en approchaient. Ils passèrent sous la voûte, entre ces deux tours : le vieux fort désarmé se laissait faire... Ils étaient seuls, ce n'étaient plus les temps du tourisme, et, dans l'enceinte de ces murs, il n'y avait peut-être qu'eux deux... Un chemin caillouteux, des ruines de maisons, leur intérieur mis à nu, des morceaux de voûtes encore intacts, des marches qui tiennent encore, parfois tout un escalier, des murs à moitié écroulés, avec une fenêtre, une porte... des éboulis de pierres de ce clair gris d'argile sèche, gris de perle. Le chemin montait, traversait l'enceinte, s'arrêtait à un mur sans cré-

1. Élevé dans la seconde moitié du XIVe siècle, le fort, dont il reste une porte fortifiée et deux tours jumelles, est situé sur la colline Saint-André à Villeneuve-lès-Avignon. Le site offre un admirable point de vue sur la ville d'Avignon depuis la rive droite du Rhône.

nelures, bas : de là on voyait tout le pays, loin, très loin. Un pays qui avait la hauteur et l'austérité d'une cellule de moine, appelant des visions, des miracles... Épaule contre épaule, accoudés au mur, ils avalaient cet air bouleversant... Puis ils suivirent le grand mur crénelé du Fort, qui semblait maintenir tout ce qui croulait dans son enceinte. Assis l'un près de l'autre dans une profonde encoignure, ils regardaient par la fente d'une meurtrière, comme par le trou d'une serrure, en cachette, le pays lumineux. Ils étaient là, à l'abri du vent qui se levait par moments, secouait follement les buissons désordonnés, la sombre verdure... Quand ils montèrent à la hauteur de la chapelle, le paysage leur ouvrit les bras largement et ils virent la ville magique : Avignon ! L'immense harpe brillait dans le ciel de toutes ses longues cordes, tendues, luisantes, posée sur un piédestal de maisons se confondant dans un clair gris d'argile sèche. Le soleil chauffait le vent, les parfums des plantes aromatiques qu'ils avaient écrasées sous leurs pas. Un peu de givre de Noël brillait dans l'étroite bande d'ombre au pied du mur de la chapelle, rappelant la raison de tant d'éclat dans les airs... Noël, Noël, Noël... Le mur autour d'eux était énorme, lumineux, avec ses tours comme des coups de poing affirmant leur force. L'air, les pierres, le soleil, cette herbe sous leurs pieds, le vent, n'essayaient même plus de paraître inoffensifs, ils avouaient leur pouvoir magique, ils les tenaient, les possédaient...

Des marches les menèrent à nouveau tout près du mur. La tête levée, ils admirèrent les rectangles des crénelures aux bords tranchants dans le ciel vif. Une porte s'ouvrait devant eux, ils entrèrent dans une grande salle de pierre, percée de belles fenêtres ogivales. L'escalier de la tour montait en spirale, longuement... Puis il y eut un petit palier, avec une porte entrouverte : c'était une petite pièce de pierre, presque un cachot, avec une fenêtre tout en haut. Il fallait s'habituer aux pénombres, alors apparaissaient les grandes pierres rugueuses, un anneau de fer scellé dans le mur, les dalles sous les pieds... Célestin tira la porte. Dans le silence de pierre, brusquement des voix d'enfants montèrent, très claires, très nettes. La tour était haute, la terre lointaine. Célestin prit Juliette dans ses bras. Cet adorable visage, jamais il n'aura fini de le couvrir de baisers ! Non, qu'est-ce que c'est que de faire l'amour ! il fallait dépasser les bornes humaines... Juliette, toute pâle, s'appuya au mur, il était froid, froid...

« Regarde, dit-elle, celui qui aime écrit sur les murs... »

Le mur était tout barbouillé d'écritures, au crayon, gravées : *Alain et Marguerite, le 7 juillet 1938... Raynaud de Sainte-Cécile, 1799...* Quatre cœurs, l'un dans l'autre, concentriques : *Suzanne, Lucie, Félicien, Robert...* D'autres noms, des dates... Bordant la porte, une longue colonne, en lettres majuscules. Cela commençait, dans le haut, par :

LE 5-6-26 — ELLE EST VENUE

Mais ils abandonnèrent le mur pour lire sur les dalles, sous leurs pieds : là, gravé dans la pierre, il y avait comme un grand obélisque coiffé d'un bonnet phrygien ; le piédestal carré portait une inscription à moitié effacée, on pouvait encore lire : *Aux martyrs... — De...* Sur une autre dalle, un crucifix, avec des deux côtés des bougeoirs, portant des bougies, aussi hautes que le crucifix... Ailleurs, cette inscription : *Vive les... — Qui...* Des cœurs, des fers à cheval, beaucoup de fers à cheval... des mains, grandeur nature, les doigts écartés... *Laurent Derlys 1815...* Dans les coins, il faisait trop noir, on ne distinguait rien. Ils se remirent à lire les inscriptions sur le mur, sur celui où il y avait la porte, face à la fenêtre, vers lequel le soleil pointait maintenant un doigt pâle[1] :

LE 5-6-26 — ELLE EST VENUE

En dessous, c'était la même écriture, les mêmes lettres majuscules au crayon gras, bleu... oui, bleu...

LE 1-6-29 — ELLE EST VENUE 1929
LE 24-7-31 — ILS SONT REVENUS
SON CŒUR EST TOUJOURS
TREMBLANT DEVANT ELLE

Juliette, appuyée contre Célestin, se faisait plus lourde : « Il y en a encore ? » demanda-t-elle. Il y en avait encore...

1. Ces inscriptions ne sont pas une invention de l'auteur. Dans *Préface à la clandestinité* (voir *infra*, p. 125), Elsa Triolet signale qu'à la parution du recueil de nouvelles en 1945, elle reçut une lettre lui communiquant l'adresse des amants qui avaient gravé ces déclarations dans l'une des tours du Fort : « Je n'ai pas écrit, je craignais une déception, une mauvaise plaisanterie », avoue-t-elle. Un cliché de ces graffiti figure dans le tome V des *Œuvres romanesques croisées* (p. 77).

ILS SONT VENUS
FIDÈLES À CE PÈLERINAGE
IL L'AIME QUEL COURAGE
7 ANS 1932
LE 23-8-33 — IL A VIEILLI
MAIS SON CŒUR EST FIDÈLE
8 ANS

Les inscriptions étaient de plus en plus bas, il fallait se plier en deux pour pouvoir les déchiffrer. Peut-être n'y en avait-il plus ? Si...

27-7bre — SEUL SON CŒUR EST FIDÈLE
IL EST VIEUX ELLE EST BELLE
SEIGNEUR ÉTERNISEZ L'AMOUR
QU'IL A POUR ELLE
9 ANS 1934

« Juliette, pourquoi pleures-tu... Nous nous aimons... Dis-moi que tu pleures d'amour... » Juliette, à genoux devant le mur, lisait :

IL EST VIEUX
ELLE EST TOUJOURS BELLE
AH S'IL POUVAIT MOURIR
PRÈS D'ELLE
19 JUILLET 1936

Ils cherchèrent longuement, toujours à genoux : c'était fini. Mais en se levant ils lurent au-dessus de la porte :

1937 LE 30 AOÛT — IL EST VIEUX
ELLE EST BELLE
ILS SONT VENUS

« Juliette, si j'étais ici, enchaîné à cet anneau, je ne sentirais pas mes chaînes, parce que tu existes, parce que ton nom existe ! Je voudrais te dire tous les vieux mots d'amour, les mots usés qui sont vrais une fois dans la vie d'un homme... Si je te dis que je t'aime à la folie, c'est que c'est vrai, c'est que je deviens fou d'amour ! »

L'air bleu et blanc, charriant le soleil, clamant Noël, les accueillit, les porta jusqu'en Avignon, où ils se prirent dans la toile d'araignée des rues, avec, au milieu, le Palais des Papes comme une grosse araignée portant sur le dos une croix. Sans se lâcher d'un pouce, ils errèrent dans ces rues étroites, tordues comme des bras, entre les murs où la France, l'Italie, l'Espagne se mélangeaient et se sauvegardaient, la pierre portant sa gloire et sa chute dans la menace gothique, la folie luxueuse du baroque, tantôt grimaçant une gargouille, tantôt modelée comme de la pâte à gâteaux. Murs des remparts, églises, vieux hôtels secrets, cours intérieures, jardins derrière de hauts murs, lâchant une branche verte... Nulle part, il ne pouvait y avoir le silence qui régnait dans la chapelle de la rue morte des Teinturiers. L'eau de l'inondation qui avait envahi la chapelle (il y a combien de siècles ?), les flots qui s'étaient ouverts ici dans un miracle, semblaient bercer ce silence obscur, avec les étoiles rouges des lampes de l'adoration perpétuelle. Ils s'arrachèrent à ce silence, suivirent le canal glauque, avec les roues des teinturiers démesurément grandes, immobiles, trempant dans la moisissure de l'eau. Les rues les reprirent, ils marchèrent longuement...

« Et voilà la prison, dit Célestin, mais on ne m'aura pas puisque tu m'aimes et qu'il faut que j'aide à délivrer notre pays du mal... »

Le soleil se mit à baisser devant de grands murs, Juliette sentit le froid de décembre. Des hommes, des femmes, toute une foule immobile, chargée de paquets, attendaient devant la porte cochère, fermée. La chapelle des Pénitents Noirs de la Miséricorde, accolée au long, long mur aveugle de la prison, était loin de la foule immobile. La façade de la chapelle, avec ses ravissantes colonnes, les élégantes baies à la française, ressemblait plutôt à celle d'un petit hôtel particulier, n'était qu'au milieu du premier étage, le recouvrant presque en entier, démesurément grande, une gloire rayonnait, avec au centre, la tête de saint Jean-Baptiste, portée par les anges. L'intérieur aurait pu servir de salle de bal : lambris dorés, marbres, peintures profanées par de larges cadres dorés, dorures au plafond... « Là, expliquait la concierge, les condamnés à mort pouvaient assister à la messe... » Les condamnés à mort... Ce n'était pas une légende, l'homme à côté d'elle était peut-être un condamné à mort. Il serait enchaîné dans cette prison, il sentirait ses chaînes... Juliette se vit dans la foule, devant la porte. Et à nouveau, tout au long de cette journée, lui parut *Peter Ibbetson*[1]. Elle avait tant pleuré à ce film, pendant que les gens autour d'elle riaient, qu'elle avait dû attendre avant de rentrer pour ne pas montrer à tante Aline son visage défait. Peter

1. Film de Henry Hathaway datant de 1935, d'après le roman de George Du Maurier (1892). Il avait été remarqué par les surréalistes.

Ibbetson, enchaîné, riant aux anges pendant les tortures, parce qu'il aimait, et ne pouvait rien sentir d'autre que l'amour. L'amour qui est le besoin d'une présence, on l'a dit et redit, on l'a chanté et pleuré... « Dès l'aube avoir la certitude — avant la nuit de vous apercevoir... » et quand on n'a pas cette certitude, l'ennui qui s'abat sur le monde, l'ennui de chaque geste qu'on pourrait faire, de chaque mot qu'on pourrait dire, de tout ce qu'on voit, de tout ce qu'on entend. À ne plus savoir comment s'arranger avec la vie, avec le temps qui ne passe pas, un ennui qui vous ferait mourir dans cette fadeur, ces cendres, ces déchets... Être comme Peter Ibbetson, plus fort que l'absence ! Rien ne pouvait les séparer, elle vivait dans lui, réelle, présente, jouant avec ses chaînes, lui souriant, l'aimant... Il avait tué pour Elle, mais ce n'est pas pour Juliette que Célestin avait tué !... « Venez », lui dit-elle.

Ils montèrent vers cet A majuscule d'Avignon, qu'est le Palais des Papes ; leur regard cherchait la fin des formidables verticales se perdant dans le ciel. Forteresse, cathédrale, palais, le talon posé sur le roc, la tête haute... Sur la longue place pavée, un Crillon[1] noir faisait son entrée, maintenant son cheval. Ils descendirent dans les petites rues, dans le quartier réservé qui s'agrippe au pied du colosse. Là, l'herbe poussait entre les pierres inégales, sous les pieds... La petite place carrée était calme et déserte comme un préau d'école pendant la classe. Une vespasienne illus-

1. Grand militaire, Louis de Crillon (1547-1615) a donné son nom à une place d'Avignon où il est mort. L'allusion demeure toutefois obscure.

trée de réclames en occupait le milieu, telle une fontaine ou une statue équestre. Les femmes qui tricotaient sur le pas des portes, avec leur manteau jeté sur les épaules n'avaient rien d'agressif. Il y avait de jolies lettres peintes sur les façades : « Au petit Chabanais »... « Chez Margot ». Et la rue continuait, les menait sans transition dans le quartier des gitans. Elle était si étroite, qu'ils se serrèrent encore plus l'un contre l'autre. Un accord joua dans l'air, se dissipa, se répéta... Ils virent un groupe de gitans assis sur le trottoir, ils étaient habillés de haillons sales, mais leurs doigts sur les cordes des guitares en tiraient des accords qui brisaient l'air en mille morceaux... « Ah, que j'aime cet instrument troublant, dit Célestin, et toi ?... Écoute ces accords... Ils ont beau résonner, ils n'arrivent pas à joindre les suivants, et chacun de ces trous est un abîme où tombe le cœur : finie, la chanson ! Mais non, elle reprend, elle recommence... Écoute ! les voilà qui chantent... » Les voix et les guitares les suivaient pendant qu'eux-mêmes se perdaient dans les ruelles. Ainsi étaient-ils préparés à la rencontre...

Elle était en taille, décolletée en carré, très bas, comme en plein été, et elle tenait embrassée une fontaine, collée contre elle, l'entourant de ses bras arrondis, nus, tenant sous le jet, de l'autre côté, une haute cruche. Elle était splendide ! Comme un tableau de musée, comme le Palais des Papes, comme un jardin de cloître... ils s'arrêtèrent, éblouis. Pendant que s'évanouissaient les voix des gitans et les guitares, et que le son du jet d'eau était seul à roucouler, un homme s'était approché de la fontaine. Soulevant la cruche pleine, il entoura de l'autre bras les épaules de la fille, et ils s'en allèrent ainsi, laissant derrière eux le pointillé des gouttes. Juliette et Célestin ne virent l'homme que de dos : il portait un melon et son pardessus était plus foncé que le crépuscule...

Puis ils se trouvèrent assis face à face dans un tout petit bistrot, on dirait un de ces jolis jouets dont on s'émerveille que tout y soit si bien imité des objets grandeur nature, les chaises et les rideaux et la vaisselle. Les murs roses étaient presque entièrement cachés par des réclames gaies comme des drapeaux. Il y avait peut-être en tout six tables de marbre poisseux, l'étain du comptoir très haut avait des dessins repoussés sur le bord, derrière lui fleurissaient des bouteilles de toutes les couleurs, et la fille qui s'y tenait était si jeune qu'elle semblait jouer à servir les clients.

Les mains dans les mains, les yeux dans les yeux, ils se reposaient de leur longue promenade, et par-dessus la table étroite ils se regardaient. Imaginez quelqu'un qu'on n'aurait vu que de loin, ou en rêve, ou en imagination : Mme Bovary, Anna Karénine, Werther... Gary Cooper, Charles Boyer... et brusquement on se trouverait assis à la même table ! Ces êtres qu'on connaît si bien, ces êtres familiers et lointains, insaisissables, qui ont subitement un grain de peau, une plantation de cheveux, des ongles, une forme d'oreille, tous ces détails qu'on ne pense pas à imaginer. Chacun voyait l'autre avec surprise et curiosité, comme à travers un verre grossissant. La petite glace que Juliette sortait de son sac fatigué, le bâton de rouge dans un étui dédoré et les gants de laine, raccommodés soigneusement au pouce... Sa façon de planter le béret sur ses cheveux blonds et fins comme des cheveux d'enfant, comme elle passait le doigt derrière une petite oreille parfaite..., la chaînette autour du cou avec probablement une médaille au bout, le cerne mauve des yeux, la nacre étonnamment irisée des dents. Il avait, lui, de belles mains dures, avec l'index jauni par le tabac, et une chevalière... Il manquait un bouton à sa canadienne... Quelques rides sous les yeux oblongs, le regard vacillant, les cheveux qui avaient tendance à s'éparpiller... le sourire rare... Les verres de fine étaient ridiculement petits, des dés à coudre : la pile des soucoupes montait.

Ils dînèrent chez Célestin, dans cette pièce voûtée et pleine de feu vivant. Célestin avait recommandé à son domestique de sortir les réserves les plus sacrées, la boîte de sardines, les conserves d'ananas, et il y avait les restes de l'oie de la veille. C'était un bon dîner, un dîner excellent... La radio jouait une musique de table, faite sur mesure. Pour ce qui est du vin, Célestin pouvait encore être fier de sa cave, et il l'était. Ils étaient follement, stupidement gais, et quand le domestique frappa à la porte, ils allaient danser...

« Mon capitaine, dit le domestique, c'est encore le même homme, il insiste... »

Célestin sortit rapidement. Juliette dans un fauteuil, remuait les épaules, dansait toute seule, se renversant, se redressant. La radio l'inondait de mélodies tentatrices... Mais Célestin ne revenait pas... Ce qu'il était long ! Au fond de la pièce, l'arbre de Noël semblait l'orée d'une sombre forêt nocturne, les bougies sur la table pleuraient leurs dernières larmes, la radio s'était tue, elle était là, inutile, comme un citron pressé...

Célestin revint avec les premières notes de : *Maréchal, nous voilà*[1]. Il alla à la radio, la ferma :

« Je suis obligé de partir, dit-il, désolé de vous abandonner ainsi... Si vous voulez passer la nuit ici, vous êtes chez vous. À moins que vous ne préfériez partir ce soir encore... François vous accompagnera à la gare...

— Il n'y a pas de malheur ?

— Non, du tout... Simplement de l'ouvrage et qui presse. Vous allez directement à Lyon ?

— Je m'arrête à Valence.

— Eh bien, Juliette, je vous dis au revoir... Vous avez un train dans une heure environ, vous n'avez qu'à donner des ordres à François...

— Célestin !... »

Célestin enjamba une chaise, puis se laissa tomber sur un siège bas devant le feu, son drôle de regard qui tantôt faisait des sauts, tantôt s'immobilisait, fixé droit devant lui, sur le feu :

« Juliette, vous m'avez dit : jouons !

— Ah ! »

C'était un tout petit cri.

« Un jeu terrible... Vous avez donné l'idée de tout ce que je ne possède pas et ne posséderai jamais, miraculeuse Juliette ! Je suis encore plus misérable qu'avant, je sais maintenant qu'il n'y a rien sous les cendres... J'ai cru un moment, mais

1. Début du refrain d'une chanson à la gloire du maréchal Pétain datant de 1940 et devenue l'hymne officieux de l'État français sous le gouvernement de Vichy.

non, et si vous n'avez pas pu accomplir ce miracle, personne ne le pourra. Juliette, ne pleurez pas, on n'est pas maître de son cœur. Je suis un homme franc...

— Je ne pleure pas, dit Juliette, en attrapant son béret et le plantant sur ses cheveux. J'ai toujours su que l'amour n'était que de la fausse monnaie et qu'il n'y a de vrai que l'illusion. On ne s'aime pas, personne n'aime personne... Je ne vous aime pas. Où est mon manteau ?

— Alors, vous partez ce soir ? »

Célestin s'était levé, il se tenait un peu courbé, la main au niveau du cœur.

« Oui, je coucherai à Valence. Qu'est-ce qu'il y a ? Ça ne va pas ?

— Mais si... Adieu, Juliette.

— Pourquoi, adieu ? Au revoir, c'est plus naturel, n'est-ce pas ?

— Alors, au revoir... »

Ils se serrèrent la main.

Le domestique de Célestin marchait derrière Juliette, portant sa valise. Les rues étaient noires, mais on n'avait pas besoin de voir, on les entendait, il n'y a qu'eux pour faire cet infernal bruit de bottes, comme si elles étaient de plomb ou de fonte. Une ville allemande, qu'Avignon...

Et voilà Juliette Noël, dactylo, à nouveau dans un train. Un train bondé, comme tous les trains. Elle est assise sur sa petite valise, dans le couloir encombré de valises et de gens, et pourtant quatre compartiments de ce wagon sont vides et fermés à clef. À chaque arrêt, les nouveaux venus secouent ces portes, sur lesquelles on peut lire : *Nur für die Wehrmacht*. Ils les secouent quand même, ils pestent et passent plus loin, parce que dans ce couloir, on ne peut même plus se tenir debout. Pourtant, quand un vieux bonhomme, avec un pardessus gandin, une perle dans la cravate et deux dents dans la bouche, déclare à très haute voix que, s'il y avait ici un Allemand, il se serait fait un plaisir d'ouvrir ces portes et de faire asseoir les gens, que les Allemands sont si heureux de rendre service, qu'ils sont si corrects ! quand le couloir entend ces mots : « ils sont si corrects ! » il reprend aussitôt en chœur antique : « Ah ! pour être corrects, ils sont corrects ! » cependant qu'un gamin farfouille la serrure d'un des compartiments *für die Wehrmacht* avec son canif, encouragé par les conseils des voisins... « Ils vous fusillent si correctement ! » dit Juliette sur un mode attendri, et le jeune homme à côté d'elle, qui voyage très sagement avec sa mère et disait à l'instant : « Ah ! pour être corrects, ils sont corrects... », a l'expression de quelqu'un qui vient de manquer une marche. Il dit tout bas, rien que pour Juliette : « Ils en ont fusillé beaucoup à Valence ? — À Valence ou ailleurs... », répond Juliette, indifférente. La fenêtre ne tient pas, toutes les deux minutes quelqu'un la remonte, mais elle recommence aussitôt à glisser, doucement, doucement, et un vent glacial transperce les voyageurs du couloir.

« Vous ne pourriez pas nous ouvrir ces compartiments vides ? demande Juliette au contrôleur qui passe en écrasant les gens contre les parois du wagon.

— Vous ne savez pas lire ? C'est pour les occupants...

— Je ne comprends pas le patois », répond Juliette, et le couloir s'esclaffe. Le contrôleur hausse les épaules et continue son chemin.

Dans les gares, des gens montaient, traînant des valises, des enfants, l'embouteillage était total, dirait-on, et pourtant ils vont et viennent, ils secouent les portes des compartiments vides, comme si on ne les aurait pas déjà ouverts si cela avait été possible ! Ils disent une chose et l'autre :

« Qu'est-ce que c'est ! C'est pour la poste ?

— Tu ne vois pas que c'est pour les Fridolins ?

— Merde ! C'est pour les Fritz ! »

Et ils passent, on se demande comment, mais ils passent, ou ils restent sur les pieds des autres...

La poignée et les serrures de la petite valise entraient dans la chair de Juliette. Elle en avait singulièrement marre des voyages, elle était très, très énervée, et elle avait envie de s'exprimer à haute et intelligible voix, sur tous les sujets ! Il fallait pourtant ne rien dire, elle s'était déjà trop fait remarquer, le vieux avec ses deux dents la regardait de travers. Il pérorait, le vieux dégoûtant : « Vous avez vu comment ils sont habillés ? Et le matériel qu'ils ont ? Et quelle discipline !... »

« J'ai envie de lui cracher au visage... », songeait Juliette, pendant que le chœur du couloir reprenait : « Et quelle discipline ! » Et la fenêtre descendue laissait passer le vent mouillé d'une nuit noire... Est-ce bien à elle que le jeune homme voyageant avec sa mère faisait des signes de loin, car peu à peu il s'était trouvé loin. D'ailleurs, il tentait de s'approcher, il aplatissait des gens : « Mademoiselle, lui dit-il, il y a là-bas une place pour vous, ma mère vous la garde...

— Merci... Voici Valence, je descends. »

À Valence, la chambre d'hôtel n'était pas chauffée, pour changer... Juliette dormit mal, un peu inquiète, l'oreille aux aguets, parce qu'elle avait rempli la fiche de l'hôtel au nom de Rose Toussaint (le docteur le lui avait expressément recommandé, tant qu'elle avait sur elle « des choses ») et que sa fausse carte d'identité n'était pas encore prête. Quand elle l'aurait, elle ne risquerait plus rien. Et elle rêva de catacombes de pierre dont elle ne pouvait pas sortir. Les murs étaient foncés, rugueux, des ombres grises flottaient autour d'elle et lui soufflaient qu'elle n'en sortirait jamais, jamais !... Qu'avait-on besoin de le lui dire, elle le savait bien, ce n'était qu'un raffinement de torture ! Sur le mur de cette prison de cauchemar, en énormes lettres majuscules, il était écrit : ILS SONT VENUS. Et ce désespoir qu'elle ressentait, elle ne savait pas s'il était dû à ce qu'*ils étaient venus* ou à ce qu'elle se savait enfermée pour toujours. « Saints amants d'Avignon, qui êtes aux cieux ! priait Juliette, dans son rêve, ayez pitié de moi, aidez-moi... »

Le lendemain, en attendant l'heure où elle savait qu'elle trouverait quelqu'un au rendez-vous, elle traîna dans les rues. Une grande ville que Valence... Une grande gare, de grands cafés, de grands magasins, de grands cinémas... Des Allemands... des Italiens aussi... Ils ont une de ces touches ! Ah ! non, ça, alors, ils sont drôles, ce n'est pas sérieux d'affubler des hommes de plumes de coq ! Juliette avait froid aux pieds, à pleurer... Heureusement que l'heure du rendez-vous approchait, puisqu'on pouvait y aller dès onze heures du matin.

C'est un café, près de la gare, un de ces cafés encombrés des colis que l'on y dépose. « Non, pas de limonade saccharinée, il fait si froid, un café bien chaud... — Voulez-vous une brique chaude, pour les pieds, Mademoiselle ? » Oh ! oui, elle voulait bien. En attendant le café, Juliette regardait le type derrière le zinc, cela devait être lui. Mais il y avait un gendarme qui prenait un café, debout, et deux autres qui étaient assis à une table... Ceux-là se lèvent, s'en vont. Ils déplacent beaucoup d'air, on les nourrit bien dans ce pays, ils sont presque aussi rembourrés que des gardes mobiles. En face de Juliette, un officier allemand buvait un café, accompagné d'un liquide jaune, dans un petit verre. Il a un visage émacié, blême, des mains osseuses. Ce n'est pas un foudre de guerre. Juliette se leva, alla au comptoir :

« Pouvez-vous me donner un petit verre, comme celui de cet Allemand, dit-elle, le docteur Arnold vous salue bien...

— Ce n'est pas fameux ce qu'il boit, dit le patron, voulez-vous déposer votre valise derrière, près des waters ? »

Juliette retourna à sa place, prit sa valise, la porta derrière... Ce fut la patronne qui l'y suivit :

« Faites vite, dit-elle, des fois que quelqu'un viendrait... »

Juliette sortit de son sac à main les cartes d'alimentation, la patronne les fourra dans sa blouse, sur sa poitrine. « Allez, ma petite demoiselle, dit-elle, je vais vous servir un bon café bien chaud et une petite liqueur, mais une vraie... »

L'officier allemand était toujours là, le gendarme au comptoir, aussi. Deux types jouaient aux cartes. L'acajou des meubles, le jaune éteint des murs, le marron des banquettes et des vestes de cuir des deux joueurs, la cravate de l'un, le cache-nez jaune de l'autre..., juste une pointe de jaune pour illuminer ce tableau de grand maître : *Les Joueurs de cartes*[1].

Il y avait un train dans l'après-midi. Juliette

1. Célèbre tableau de Paul Cézanne représentant deux hommes de profil, jouant aux cartes devant un bouteille de vin (1893-1896). L'une des versions se trouve au musée d'Orsay à Paris.

déjeuna dans une gargote, triste, rance et bondée. Elle prit un café, ailleurs. Il faisait froid, il y avait de la neige à moitié fondue sous les pieds et cela sentait déjà l'après-fêtes, pénible comme une rentrée à l'aube, après une nuit de bombe, comme une table avec les restes du repas. Juliette s'arrêta devant un cinéma : il y avait une séance dans l'après-midi, tout de suite... Elle entra.

C'était un beau cinéma, presque aussi beau que le Paramount à Paris ! Il était vide, complètement vide et chauffé. Juliette choisit sa place bien au milieu, à la bonne distance de l'écran. Le fauteuil de velours était confortable, il n'y avait pas de voisins, personne pour s'occuper d'elle et Juliette, en ce moment-ci, aimait bien qu'on ne s'occupât pas d'elle... Juste un jeune homme, genre étudiant, qui lisait un journal, derrière elle. Des ouvreuses immobiles, adossées au mur. Trois gosses firent une entrée tumultueuse, mais oublièrent aussitôt d'être bruyants, dans ce silence d'église. Ah ! comme il faisait bon, chaud ! Les gosses s'assirent près de l'écran. Ici, dans ce silence doré, l'on pouvait oublier la maison des montagnes, les souliers boueux, l'aube, le café d'orge et ces poux gris dans les cheveux des rues. Juliette avait chaud, elle était bien, elle avait sommeil. Elle commençait déjà à s'assoupir quand quelque chose se déclencha... Juliette sursauta, sentant le danger ; du côté de l'écran arrivaient des sons en désordre, puis cela prit forme, devint de la musique : la voix d'Édith Piaf chanta comme toujours :

... Il était grand, il était beau,
Il sentait bon le sable chaud[1]...

On aurait dit qu'à la chaleur de cette salle le cœur de Juliette s'était dégelé, que c'était l'eau du dégel qui coulait de ses yeux... Ah, que ça fait mal quand le sang revient dans un membre gelé ! Avez-vous déjà eu les bouts des oreilles, un doigt gelés en faisant du ski, par exemple ? On ne sent rien tant qu'ils sont gelés, tout blancs, exsangues, c'est quand la vie revient que cela fait très, très mal, qu'on sent des milliers d'aiguilles brûlantes les transpercer... Seigneur, comme elle avait mal à son cœur, comme elle était seule dans ce grand cinéma doré, enterrée vivante dans cet immense sarcophage. Saints Amants d'Avignon, priez pour elle !

Pendant les actualités la salle resta dans ce même demi-éclairage : peut-être avait-on peur que Juliette ne fasse une manifestation à la vue de ces soldats modèles dans leurs jolies combinaisons blanches, réparant un fil téléphonique par une terrible bourrasque de neige, pendant que les méchants Russes, invisibles, leur tiraient dessus. Puis elle savoura le grand film, si mauvais qu'elle put somnoler, ne penser à rien... Elle faillit rater son train !

« Juliette ! Tu n'es pas malade ?
— Malade ? Pourquoi ?

1. Citation approximative de la chanson *Mon légionnaire*, paroles de Raymond Asso, musique de Marguerite Monnot. Créée par Marie Dubas en 1936, elle sera rendue célèbre par Édith Piaf.

— Tu as une mine ! Il y a eu quelque chose ? Ça n'a pas marché ? »

Tante Aline lui enlevait son manteau, José entourait ses genoux de ses deux bras, il jubilait :

« Juliette est revenue ! Juliette est revenue !

— Veux-tu me dire si tout a bien marché ?

— Mais oui, tante Aline ! Si tu savais ce que c'est que de voyager en ce moment... Mon petit José adoré, mon petit cœur, tu vas m'étouffer ! Tu as été sage ?

— Laisse Juliette tranquille ! Va mettre la table, comme un grand garçon que tu es, vite... va... »

Tante Aline suivit Juliette dans la chambre : « Mon enfant, dit-elle, pendant que Juliette enlevait ses vêtements et passait sa vieille robe de chambre et des pantoufles, mon enfant, Dieu sait que j'approuve tout ce que tu fais, mais je suis une vieille femme... Je n'en peux plus... Si je pouvais te suivre, mais attendre ! À chaque pas dans l'escalier je me dis : c'est la police !... Je me dis que tu ne reviendras plus, que tu t'es fait prendre... Tu ne pourrais pas t'arrêter, juste pour respirer un peu ? Pense à José, qu'est-ce qu'il deviendrait sans toi... »

Juliette se lavait les mains, les dents. La frange perlée autour de la lampe l'empêchait de se voir dans la glace de trois sous, elle lissa ses cheveux à l'aveuglette.

« Je ne peux pas m'arrêter... Il y a si peu de gens pour faire le travail... On dirait que tout le monde est d'accord, et quand il s'agit de faire quelque chose... José est content de son cheval ? Vous avez bien réveillonné ? Comment as-tu préparé le lapin ? Il ne faut pas t'en faire, ma petite tante, je suis très prudente… Et maintenant, de toute façon, comme je retourne au journal, je ne voyagerai plus.

— Tu dis ça… Si tu te voyais ! Tu es blême ! Tu me fais peur, tu vas tomber malade…

— C'est des idées que tu te fais, je vais très bien. Évidemment, je suis fatiguée… Ce que je suis contente d'être rentrée !

— Juliette, criait José, Juliette, dépêche-toi ! »

« Vous paraissez bien fatiguée, mademoiselle Noël, vous ne voulez pas vous reposer un jour ou deux ? » disait le rédacteur en chef qui lui dictait des lettres. Juliette attendrissait toujours tous les hommes.

« Mais non, Monsieur, je vais très bien, merci… C'est plutôt que je n'aime pas Lyon.

— Moi non plus… », disait en soupirant le rédacteur en chef.

La nostalgie de Paris, qui avait, dès le début de l'exil, rendu à Juliette insupportable tout lieu fautif de ne pas être Paris, s'était encore aggravée à Lyon, ville pesante et fermée, comme une peine secrète et sans issue, une ville mal faite pour consoler. Juliette allait jusqu'à prendre en grippe ceux qui prétendaient se plaire à Lyon, comme des êtres anormaux, cultivant le malheur, y trouvant une délectation morose. Que pouvait-on y aimer, dans cette ville ? Les maisons, ces cubes sans couleur ni relief, ou les rues que de telles maisons peuvent former ? Ou ce quelque chose de louche, de petit-bourgeois et de commerçant qui vous faisait penser aux boulevards extérieurs de Paris ? Les escaliers des maisons, tous ces escaliers qu'on prend toujours pour l'escalier de service, les rangées de petites boîtes à lettres sur les murs d'une boueuse couleur marron-bordeaux, les rampes faites de barreaux de prison ? Ou peut-être les appartements avec leurs alcôves, et les alcôves dans les alcôves, et les alcôves dans les alcôves des alcôves, de plus en plus noires, de plus en plus cachées ? La manie de l'étroit, du secret, du pas lavé... Juliette n'avait pas lu *La Séquestrée de Poitiers*[1], mais le sentiment qu'elle avait pour Lyon et ses amateurs pourrait se comparer à celui que lui aurait inspiré, j'imagine, « la petite grotte » ou « le petit Malampia », qu'était le lit de la Séquestrée.

Fallait-il aimer le climat de Lyon, la brume, la boue, la neige fondue ?... À Paris, y remarquait-on seulement le temps, sauf pour constater qu'il faisait beau à ne pas pouvoir se décider à rentrer, à en perdre une miette ? À Paris, sortir dans la rue était aller au-devant d'une merveilleuse histoire... Marcher dans les rues de Lyon... patauger dans la boue froide, longer la caserne grise, avec un drapeau gammé déployé au-dessus du portail, deux sentinelles feldgrau, casquées et armées jusqu'aux dents, arpentant le trottoir... Des petits marins qu'on voit traîner dans les rues de Lyon d'un pas de désœuvrés (et d'abord, pourquoi y avait-il des marins à Lyon ? Serait-ce qu'ils ont roulé un peu partout ? Mais Juliette, elle, les

1. La découverte en 1901 dans une honorable maison bourgeoise de Poitiers d'une femme squelettique recluse depuis vingt-cinq ans avait vivement frappé les esprits. Fasciné par le fait divers, Gide devait publier *Ne jugez pas, 2. La séquestrée de Poitiers* chez Gallimard en 1930.

voyait à Lyon...), les petits marins ont perdu leurs jolis pompons rouges, ils ne sont plus ni pimpants, ni astiqués, ils ne sont plus. Ils s'en vont à la dérive, tous ces marins... Cette armée à qui on a arraché ses écussons, ses galons, cassée, dégradée comme un officier qui aurait failli à l'honneur, elle porte sur son visage décoloré, la colère du plus faible à qui on a tout pris. 1918, 1918, 1918 y a-t-il écrit sur les murs. Comme à Paris, sans doute, comme à Paris ! Comme partout 1918... Courir après le tramway ou l'attendre interminablement, sentant le froid s'introduire jusqu'aux os, tenir sur le marchepied, les mains glacées, prêtes à lâcher la poignée... Ah ! la bonne chaleur du métro ! les femmes joliment habillées, les hommes qui se lèvent pour vous céder la place, et la méchanceté des tramways lyonnais... Le Rhône pâle et tragique comme la manche vide d'un amputé... Non, jamais la Seine, dans sa grâce, ne donnait pareils frissons ! Et ça nous fait une belle jambe que, dans le temps jadis, Lyon ait été un paradis culinaire, que ces bistrots minables, ces marchands de vin où l'on s'écrase pour manger des quenelles de farine moisie, qui vous collent au palais, aient été les temples de la plus haute culture gastronomique !

Mais Dieu sait que ce n'est pas Lyon qui donnait à Juliette cette pâleur, ces yeux cernés qui appelaient la sollicitude du rédacteur en chef, Lyon avait bon dos... Mlle Gérard, une autre dactylo du journal, une petite noiraude, avec laquelle Juliette s'était liée, lui disait, elle aussi : « Juliette, voulez-vous que je m'occupe de la Boîte-à-lettres ? Allez vous reposer, je me débrouillerai...

Vous avez une mine à faire peur. — Je vous assure, Marie, que je me porte très bien ! Je ne suis pas malade, je me ronge... Plus la fin est proche et plus je me ronge... C'est insupportable de penser que des hommes périssent à la veille de la victoire ! — On a pris Pierrot, chuchotait Marie Gérard, le petit métallo, le communiste. La Gestapo a fait une descente chez le bistrot où il logeait. Ils l'ont passé à tabac, dans le bistrot même, sous les yeux de tout le monde, et ils l'ont emmené. Un enfant... Hier ils ont perquisitionné chez Benoît... Il n'était pas rentré, par chance, mais le copain qui l'attendait s'est fait choper. »

C'était la petite Gérard qui avait la première parlé à Juliette de la Résistance. D'abord à mots couverts, ne sachant pas trop ce qu'elle pensait, cette fille si gentille, mais réservée, distante... Mais le jour où arriva la nouvelle que le frère de Juliette était tombé en Libye, la petite noiraude, dans un accès de rage et de pitié, lui proposa carrément de travailler. Le sang du frère se portait garant de Juliette. Il y avait de ça plus d'un an, depuis, de fil en aiguille, Juliette s'était trouvée entièrement prise dans l'engrenage, on arrivait à l'utiliser de plus en plus : elle était discrète, calme, exacte et ne refusait jamais aucune tâche. Et il y avait à faire. Les nouvelles que ceux de la Résistance devaient se communiquer journellement — les mots d'ordre, les arrestations, les incidents de la relève, les actes de sabotage faits et à faire, la découverte d'un indicateur, une délation, les ravages faits par la Gestapo, la littérature clandestine, — étaient ramassés et distribués, les liaisons étaient faites par les Boîtes-à-lettres. La résistance armée s'organisait, s'armait d'armes secrètes, prises un peu partout, volées dans les arsenaux, cachées en 1940, lors de l'Armistice, parachutées par les Anglais... Le cœur du pays battait, Juliette Noël, dactylo, y faisait, elle aussi, refluer le sang. Un front national se dressait face à l'occupant, une ligne Maginot, vivante, saignante, douloureuse et tous les jours plus forte.

Juliette connaissait maintenant Lyon sur le bout du doigt, Fourvière, la Croix-Rousse, Saint-Jean, Villeurbanne n'avaient plus de secret pour elle : elle connaissait toutes les lignes de tramway, le petit train bleu, les cafés, les bistrots, les bancs des squares, les traboules, ces minces tunnels dont sont percés dans tous les sens les vieux pâtés de maisons et qui sont de fameux raccourcis (certaines traboules ont jusqu'à six, sept issues, donnant de tous les côtés, et si on se mettait à y jouer à cache-cache...). Juliette continuait à dire : « Je n'aime pas Lyon... », mais ce n'était peut-être plus très vrai.

Lyon était devenu complice de sa vie, de son travail : la bouche cousue des maisons, le noir secours des traboules, l'absence d'élégance et de frivolité de ces grands murs lépreux, et ce qui se tisse de luxe derrière eux, ce qui s'y amasse de trésors, ce qui s'y trame à voix basse... Et en cette douce journée de février, où, grimpée tout en haut de la Croix-Rousse, appuyée sur un petit mur au-dessus de la ficelle-funiculaire, elle regardait le paysage, c'est avec tendresse qu'elle voyait le soleil farder un peu le visage de Lyon, ce visage pâle et noir de misère, quand il n'est pas blême d'une digestion rapace et égoïste. Elle avait devant elle, en rangs serrés, droits, une légion de fenêtres, s'alignant sur de grands murs, qui n'avaient rien d'autre à offrir à l'œil que cette légion de rectangles noirs. On les voyait à travers la forêt de hautes cheminées de pierre, dont aucune ne fumait, forêt tragique, comme si le feu et ses ravages avaient passé par là, la dénudant. En bas, en bas, il y avait le Rhône, de grands immeubles auxquels le voisinage du fleuve conférait de la majesté, de l'importance, ils en étaient beaux... Au loin, les gratte-ciel de Villeurbanne buvaient toute la lumière. Juliette serrant sous son bras un paquet, rêvait. Il faisait bon, il faisait doux... Qu'y avait-il derrière ce front serein ? Les rêves, ça la connaît... Juliette se passa un doigt derrière l'oreille et tourna le dos au paysage : il se faisait tard, elle avait failli oublier l'heure !

Le bruit des métiers semblait être la respiration de maisons vivantes, les grandes maisons de canuts, avec rien d'autre que les fenêtres et cette respiration. Juliette prit une rue, une autre, puis, en fait de rue, des escaliers s'ouvrirent devant elle, larges, nus, interminables, solennels, comme un long manteau de pierre tombant des épaules d'une majesté géante. Juliette se mit à les descendre ; il y en avait pour un moment. Le long des maisons descendait la rampe de barreaux droits, noirs comme il y en a aux fenêtres des prisons. En bas de l'escalier, Juliette fit quelques pas et s'enfonça dans une traboule.

Comme toutes les traboules, celle-ci commençait par une exposition sur un mur étonnamment écaillé, de petites boîtes-à-lettres. Chaque petite boîte portait un nom, sur une plaque de cuivre, sur une carte de visite, sur un bout de papier ; chaque petite boîte avait sa petite serrure et le nombre de ces petites boîtes témoignait de la densité des habitants de la maison, chaque habitant ayant sa petite clef pour le secret de sa correspondance. Au journal où travaillait Juliette, un des journalistes était persécuté par une femme qui lui écrivait plusieurs lettres, tous les jours. Ces lettres d'amour, écrites par une folle, étaient toujours mises dans trois ou quatre enveloppes superposées, chacune collée soigneusement. Ceci n'est pas sans rapport avec l'âme, sinon des Lyonnais, du moins de leurs habitations. La traboule que Juliette avait prise semblait résoudre son mystère dans une grande cour carrée ; il y avait, au milieu de la cour, un escalier — car elle était partagée en deux paliers d'une différence de niveau considérable — et cet escalier, le noir fer forgé de la grille qui la fermait en bas, la lanterne au-dessus, les rampes des balcons intérieurs sans saillants que formait l'escalier montant dans les étages de la maison ; tout cela donnait à cette cour un faste de prison, de malheur. Après le grand escalier au milieu de la cour, Juliette s'enfonça sous la maison, descendit quelques marches gluantes qui semblaient mener à une cave et qui conduisaient à un autre passage, se terminant par des boîtes-à-lettres et donnant sur la rue. Juliette traversa cette rue (des grands murs avec des rectangles de fenêtres et rien d'autre) et prit une traboule plus étroite, plus crasseuse, plus noire que la première, avec des encoignures, des marches, des tournants compliqués, et deux cours étroites et noires comme l'intérieur d'une cheminée, ornées de ces escaliers formant à chaque étage un balcon, derrière une rampe de barreaux de prison. Juliette descendit jusqu'à la place des Terreaux, là elle prit le tramway.

Elle avait déjà sonné à la porte du rez-de-chaussée, quand la concierge (c'était une belle maison moderne, avec concierge) sortit de sa loge. Elle avait l'air défait, cette femme. « Mademoiselle, dit-elle, essoufflée, ils y sont... Je ne sais pas ce que vous venez y faire... il ne faut peut-être pas que vous y alliez... ils sont cinq... Des Allemands, je crois... » Des pas s'approchaient derrière la porte. Quand elle s'ouvrit, le palier était vide, la lourde porte d'entrée fermée...

Juliette courait dans la rue, c'est-à-dire qu'elle ne courait pas, elle marchait, très vite, comme un cheval qui est sur le point d'abandonner le trot pour le galop. Elle avait une douleur dans le côté. Voici un tramway qui la mettra aux Cordeliers... Les rues étaient déjà noires, écrasées sous le poids du *black-out*. Et s'il n'y avait personne ? Elle se mit à courir, tant pis...

La petite cour était éclairée par les fenêtres derrière lesquelles il y avait de la lumière ; dans un coin, des guéridons de café, ronds, posés les uns sur les autres..., des caisses s'étageaient à l'entrée de l'escalier, où, sur une porte vitrée, avec de la lumière orange venant de l'intérieur, on pouvait lire : BAR, *entrée des fournisseurs*. Juliette trébucha sur une boîte à ordures, monta à tâtons, sonna le nombre de coups convenu... Dominique vint ouvrir lui-même :

« Qu'est-ce qu'il y a ? dit-il, l'attrapant par le bras.

— On perquisitionne, rue...

— Entrez... »

Dans la pièce, derrière, un véritable cachot, un homme était couché tout habillé sur un matelas, par terre... Il sauta sur ses pieds, passa la main sur ses cheveux ébouriffés. Il avait les yeux cerclés de rouge, les joues affreusement creuses.

« Je n'ai pas eu le temps de délivrer la Boîte, j'étais en retard, il y a un bon Dieu... Ça, c'est des tracts. »

Elle posa sur la table le paquet qu'elle serrait sous son bras.

« Il faudra changer toutes les adresses des boîtes. » Dominique mettait son cuir, le bas de son pantalon était pris dans des pinces cyclistes ; il ne payait pas de mine. « Juliette, continua-t-il, allez prévenir le docteur, dites-lui que je lui enverrai demain à la consultation... hum..., M. Georges, non tout le monde s'appelle Georges... M. Amédée... Allons, on y va... Vous n'avez pas été suivie ?

— Je ne crois pas, j'ai pris mes jambes à mon cou. »

Le docteur Arnold donna un grand coup de poing sur son bureau : « Les salauds, hurla-t-il, ils l'auront pris ! » Il donna un autre coup de poing sur le bureau. « Maintenant on a la certitude que c'est cette ordure de Jacques qui l'a donné, c'est exactement le même coup que pour Lafont... Son compte est bon !... Ce chien ! Ce chien ! Ce chien ! Ce chien ! » Il sortit de la pièce. Juliette l'entendait qui téléphonait. La porte s'ouvrit doucement, c'était la femme du docteur, une femme furtive et silencieuse (bien dix ans de plus que son mari) qui venait d'entrer… « Que de malheur, dit-elle, ma pauvre mademoiselle Noël, ça n'aura donc jamais de fin… » Elle se mit à pleurer, sans bruit, et s'en fut avant que le docteur ne revînt.

« Ma petite Juliette, dit-il, mon enfant, quelle chance que vous ne vous soyez pas fait prendre !… Dites, est-ce que ça serait trop vous demander, que d'aller réserver une chambre pour un copain qui arrive après-demain ? C'est un certain Célestin, mais tiens, je n'y pensais plus, vous le connaissez, vous l'avez vu en Avignon, vous rappelez-vous ? Ça tombe bien, vous pourriez aller le prendre à la gare, si vous êtes libre, bien entendu…

— Je suis libre, dit Juliette.

— Parfait, il faudra le loger dans cette boîte où vous avez couché une nuit… »

Juliette téléphona au journal pour dire qu'elle était grippée ; elle était en effet très fatiguée, ça l'avait secouée cette histoire de perquisition.

Elle le vit arriver de loin, il dépassait d'une tête la foule des voyageurs. Quand elle lui mit la main sur la manche, le regard de Célestin eut un de ces sauts qui lui étaient propres : il ne s'attendait pas à la voir. Mais aucun ah ! de surprise, aucun sourire de reconnaissance ne vint adoucir sa poignée de main :

« C'est pour moi que vous êtes venue ?

— Oui, c'est pour vous. Le docteur m'a demandé de réserver une chambre et d'aller chercher à la gare un certain M. Célestin… Vous coucherez dans un hôtel louche... On y est très bien, j'y ai passé une nuit, et on ne vous demande pas de remplir une fiche.

— On prend le tramway ?

— Non, c'est à deux pas...

— Tous les avantages... Et à part ça ? Vous allez bien... Juliette ?

— Vous avez oublié mon nom ? Je vais très bien, et vous-même ?

— Non, je n'ai pas oublié votre nom... Mais je ne sais pas si je peux me permettre de vous appeler si familièrement par votre petit nom...

— Vous pouvez... Ça sera plus naturel pour le patron de l'hôtel, je suis obligée de monter avec vous, j'ai une lettre à vous remettre. Il y a toujours autant d'Allemands en Avignon ?

— Plus, si possible... »

Il se mit à énumérer tous les hôtels que les Allemands avaient réquisitionnés, la librairie allemande qu'ils avaient montée rue de la République, etc., etc.

« Voici l'hôtel, dit Juliette, voyez, il y a trois sorties, ou trois entrées, comme vous préférez. Une dans la cour, c'est la principale. Les autres sont introuvables, à moins de les connaître. Regardez, c'est là, près du cinéma, l'autre donne sur la rue, par-derrière... »

Le patron ne se montra pas, ses chiens non plus. Une bonne endormie regarda avec indifférence Juliette qui prenait la clef sur le tableau. Dans la chambre, les rideaux étaient tirés, ils étaient en satin bleu, à fleurs bleues, le large lit-divan avait un couvre-lit de ce même satin bleu, et le tapis par terre était bleu, lui aussi. Les glaces reflétaient tout ce ciel fleuri, les éclairages tamisés... Il y faisait une chaleur de paradis, on aurait pu y vivre comme le bon Dieu vous a fait.

— Ça vous va ? demanda Juliette.

— Aucun palais de conte de fées n'aurait pu mieux épouser mes vœux que ne le fait cet hôtel... » Un sourire traversa son sombre visage d'archange déchu.

« Voulez-vous me donner le message, Juliette ? »

Elle lui tendit une lettre, qu'elle sortit de la doublure de son manteau.

« Le docteur vous fait dire qu'il l'a pris à la radio ce matin, il pensait que vous pouviez déjà être en route. Il vous transmet le texte. Pour le reste, je ne sais pas... »

Célestin déchira l'enveloppe, alla à la fenêtre, mais non, elle donnait sur un mur... Il fallait se contenter de la coupe en verre dépoli, rose... Il lut longuement deux petites pages, levant sur Juliette des yeux absents. Puis il brûla le feuillet au-dessus du lavabo, fit couler l'eau pour laver les cendres. Il n'avait pas quitté sa canadienne.

« Je vais sortir le premier, dit-il, attendez cinq, dix minutes... Au revoir, Juliette, puisque vous n'aimez pas que je vous dise adieu. Et merci ! »

Il sortit. Juliette se laissa aller sur la couverture bleue du divan. La chambre, avec son satin de coton, son immense lit, les glaces, sentait à plein nez la maison de rendez-vous. Juliette se mit à rire hystériquement... Il était beau, son paradis perdu ! À rire, et puis à pleurer. Ah, comme ça me fait mal pour elle, pour toutes les femmes... Juliette ! Un peu de dignité, quand même personne ne vous voit ! Saints amants d'Avignon !

pour l'amour de l'amour, pardonnez-lui... voilà qu'elle se met à blasphémer... « Ils sont venus ! criait-elle. Ils sont venus ! » Non, j'aime mieux ne pas entendre, ne pas savoir... Ça doit être la fatigue de ces derniers mois, l'usure des nerfs.

Quand Juliette Noël sortit de l'hôtel, elle remarqua dans la rue, sans en prendre conscience, un type à pardessus clair et très long, qui regardait du trottoir d'en face la porte cochère de la cour où se cachait l'hôtel. Elle y repensa, subitement, quand elle était déjà place Bellecour et se retourna : parfaitement ! Il était là, avec un autre homme... Cela ne voulait rien dire... peut-être... Elle se retourna encore une ou deux fois furtivement ; ils traversaient la place, derrière elle. Bon, elle allait prendre le tramway, on verrait bien. Les deux hommes s'arrêtèrent à côté d'elle. Pourquoi la suivrait-on ? Célestin ? La Boîte-à-lettres ? Ce n'était pas la première fois qu'elle avait l'impression d'être suivie, et cela avait toujours été le fruit de son imagination, ou des types qui lui faisaient des propositions. On ne pouvait jamais savoir avec les suiveurs, si c'étaient des flics ou des galants. Voilà le tramway... Juliette se précipita, se laissa bousculer... est-ce qu'ils allaient monter, eux ?... Il ne semblait pas... le tramway se mit en marche, Juliette courut, allait s'agripper au marchepied, quand une main l'en arracha : « Et surtout pas de scandale, dit l'homme au pardessus clair, on ne vous veut pas de mal. »

Il parlait très bien le français, avec un rien d'accent. Ils l'encadrèrent, ça n'avait pas l'air, mais ils la tenaient solidement. Le deuxième avait un long nez et des cheveux blonds, en pagaille, qui lui remontaient son chapeau mou. Il dit quelques mots, en allemand...

« Je suis frite, se dit Juliette. Qu'est-ce que j'ai sur moi... Rien de compromettant, non, rien... J'ai ma fausse carte d'identité, je m'appelle Rose Toussaint... Je crois du moins... bien sûr, à cause de Célestin j'ai pris ma fausse carte. Malheur ! Tante Aline m'a donné la carte d'alimentation pour que je prenne enfin le café, puisque j'allais en ville... Quand elle se met à vous bassiner avec quelque chose, ma pauvre tante Aline, on aurait dit que le monde tournait autour de ce café, ma pauvre tante Aline, comme elle a vieilli, elle n'a pas été comme ça dans le temps... Pauvre tante Aline, elle n'aura pas le café... Si au moins je n'avais pas cette carte. Je dirai qu'elle n'est pas à moi, qu'elle est à Juliette Noël, une amie, c'est pourtant bien simple... Je n'arriverai jamais à m'en tirer, jamais... je dirai que je fais le trottoir... »

« Vous allez nous dire gentiment où et à quelle heure vous avez rendez-vous avec votre amoureux. C'est tout ce qu'on vous demande. Après quoi, vous pourrez filer. »

Ils remontaient la rue de la République, Juliette toujours entre les deux hommes.

« Lequel de mes amoureux ?

— Ma chère demoiselle, ne faites pas l'imbécile, celui que vous êtes allé chercher à la gare et avec lequel vous êtes entrée à l'hôtel.

— Et si je ne vous le disais pas ?

— Vous avez déjà entendu parler de l'hôtel Terminus ?

— Pourquoi ?

— La Gestapo, Mademoiselle, la Gestapo, ça ne vous dit rien ? On vous y fait passer un interrogatoire bien senti... Voulez-vous nous dire gentiment et tout de suite, où et quand vous avez rendez-vous ? »

« Mon Dieu, pensait Juliette, tes voies sont impénétrables, voilà pourquoi je ne devais pas le revoir... Qui sait, sous la torture... Je peux être tranquille, je ne dirai rien : je n'ai pas de rendez-vous. »

« Pourquoi n'allez-vous pas le prendre à l'hôtel ? Vous comprenez, ce n'est pas drôle pour moi...

— Parce qu'il n'y retournera pas... Et assez raisonner, n'est-ce pas ? Dépêchez-vous de nous donner l'indication qu'on vous demande.

— Mais je n'ai pas de rendez-vous ! Il ne veut plus de moi... Il m'a menée à l'hôtel et il m'a laissée tomber... »

Le blond au grand nez dit à nouveau quelque chose en allemand, l'autre regarda Juliette avec méfiance :

« Allons, c'est des histoires, on ne laisse pas tomber une fille comme vous. Le capitaine a certainement bon goût, comme tous les cavaliers. À moins que vous ne sachiez pas y faire. »

Ils rirent tous les deux très fort et l'Allemand donna à Juliette un coup de coude, au niveau de la taille, par manière de plaisanterie.

« Je ne sais sûrement pas y faire, dit Juliette.

— Oh ! oh ! oh !... Vous ne savez pas y faire ? Si tu insistes, on t'amène à l'hôtel et on te donne une leçon ! Allons, vas-tu parler ?

— Vous me faites mal... », gémit Juliette, et elle tourna vers l'homme des yeux pleins de larmes : c'étaient de splendides larmes qui remplissaient les yeux jusqu'aux bords, sans tomber, comme de jolies larmes de glycérine, au cinéma... Il en fut tout décontenancé : vraiment, Juliette avait un genre de beauté qui touchait tous les hommes.

« Il ne faut pas pleurer, dit-il, ce n'est pas votre faute si vous êtes tombée sur un oiseau comme Célestin... Une autre fois vous serez plus prudente, pas ?

— Oh, oui ! dit Juliette, et pourtant je suis si prudente, d'habitude... Mais qu'est-ce qu'il a donc pu faire ? C'est très grave ?

— Mais non, mais non... Menez-nous à lui et nous nous expliquerons très vite. Allons, allons, un petit effort, on ne lui fera pas de mal à votre homme...

— Oh ! soupira Juliette, c'est affreux... J'avais rendez-vous avec lui... Mais vous savez, il n'est jamais très exact, il faudra peut-être attendre. Il m'a promis de venir sous les arcades de l'Opéra, dans une demi-heure, ou peut-être une heure... »

Les tables des boutiques dans le passage, les gens arrêtés aux devantures, le va-et-vient, encombraient les arcades de l'Opéra Grand-Théâtre, semblables aux arcades de l'Odéon, à Paris. Seulement, ici, on vendait un peu de tout : des cartes postales, des lunettes, de la lingerie... Et l'ensemble avait cet air un peu louche, clandestin, que Lyon prend si facilement.

« On peut la laisser, il n'y a pas de chance qu'elle file », dit l'homme au pardessus clair, comme on les poussait de tous les côtés parce qu'ils continuaient à marcher à trois, de front, sous les arcades du théâtre. Les baies arrondies entre les piliers étaient fermées à mi-hauteur par des barrières de fer. L'Allemand abandonna le bras de Juliette avec un visible déplaisir : il l'avait serrée de plus en plus près. « *Voran*... Marchez devant... », dit-il. Juliette marcha devant, les deux hommes sur ses talons. Elle ne savait pas ce qu'elle était venue faire sous ces arcades, sauf qu'il fallait laisser le temps au miracle de s'accomplir...

Elle s'arrêta devant l'opticien, regarda avec attention les lunettes..., continua jusqu'à l'autre bout des arcades où, sur un grand plan vertical, étaient exposées des chansons. Juliette se mit à lire longuement les titres : *La Marche des Canuts..., Le Tango merveilleux..., Margot reste au village..., Ah ! que maudite soit la guerre (grand succès)*... Les couvertures, depuis toujours à l'air, à la poussière, étaient jaunes, tachées, les minces feuillets fripés, comme s'il avait plu dessus. *Le P'tit Quinquin...,* continuait à lire Juliette, et elle avait la mort dans l'âme, *La Rue de notre amour...,* voici *Mon légionnaire*, avec la tête de la môme Piaf, en mauve... *Les fleurs sont des mots d'amour...,* comment faire, que faire, elle ne voyait pas la moindre planche de salut, pas une brindille... Les deux hommes derrière elle, solides et implacables comme une porte de prison... Glisser un mot à un passant ? Crier ? On était en train de l'égorger dans cette foule... *Un violon dans la nuit..., Mon cœur reste avec vous..., Marche lorraine..., Ma plus douce chanson...* Elle avait si froid qu'elle était sûre de ne plus jamais se réchauffer, il fallait se secouer, ne pas permettre au désespoir de la prendre à la gorge. Tant qu'il y avait de la vie... Elle repartit dans l'autre sens, les deux hommes derrière elle. Jusqu'au bout et retour, jusqu'au bout et retour... « Attendez... », dit l'Allemand : il s'arrêta devant une papeterie-librairie, son long nez, son chapeau perché sur ses cheveux drus, penchés au-dessus d'une vitrine posée sur une table. Le type à pardessus clair demanda au vieux marchand avec des lunettes cerclées d'or s'il avait des cartes postales. Il y en avait à l'intérieur. L'Allemand s'y engouffra. Il avait l'air brave, ce vieux marchand, il l'aurait sûrement aidée s'il avait su, s'il avait pu, parce que, même en sachant...

« Je suis fatiguée », dit Juliette, et elle alla s'asseoir en amazone sur la barrière en fer de la baie. Dans la rue, il y avait des maisons sales, des camions, des cyclistes, une foule de piétons... Ce quartier, avec ses enseignes de maisons de gros (Soieries... Soieries), ressemble au Sentier de Paris, les articles de Paris en moins. Des maisons de commerce ayant des tentacules dans toutes les parties du monde, logent dans ces locaux crasseux (ils s'en voudraient de donner dans le scandale des bureaux de luxe...), en débordent, encombrant d'un va-et-vient de ballots, de caisses de marchandises, les rues étroites qui sentent le marchand forain, le camelot... Par ici, les traboules compliquées, avec des escaliers de tous les côtés, étranglés dans la pierre et le fer, des renfoncements, des passages, des échappées sur des cours-puits, des portes aux enseignes : Soieries... Soieries..., des boîtes à lettres..., ces traboules où il faut monter des étages noirs, où il faut tourner, descendre, revenir sur ses pas, pour trouver la sortie du labyrinthe, sont parfois encore renforcées par de hautes grilles aux ouvertures si étroites (un, deux barreaux d'enlevés), qu'un homme peut encore y passer, de biais, mais pas une caisse, ni un ballot... Précautions, dit-on, des soyeux.

« Il vous fait attendre, votre amoureux », dit le geôlier de Juliette.

De l'autre côté de la barrière, des marches de pierre descendaient dans la rue, les arcades étaient bien au-dessus de la chaussée. L'Allemand, sorti de la boutique, écrivait des cartes postales qu'il tenait appliquées au mur.

« Si on marchait encore un peu ? » fit Juliette, et ils recommencèrent à arpenter les arcades, à deux, elle et le type à pardessus clair. Des stylos, des objets en raphia, des pochettes pour cartes d'alimentation... *Le Bridge en dix leçons... Les Jeux de hasard... Un violon dans la nuit...* des lunettes. L'Allemand les rejoignit, il avait fini d'écrire ses cartes postales, ils parlaient maintenant entre eux, à voix basse. Dieu sait ce qu'ils complotaient...

« Dites, Mademoiselle, mon copain vous demande si vous ne voulez pas accepter un petit souvenir ? » Il rigolait doucement, le type à pardessus clair.

« Comment, un souvenir ? » Juliette se ramassait intérieurement : quel était ce nouveau danger ?

« Mais n'ayez pas peur ! Il veut vous faire un petit cadeau, quoi... Il ne faut pas vous gêner, il a des marks plein les poches.

— Je ne sais vraiment pas... Quel petit cadeau ?... Qu'il choisisse lui-même... Pour que cela soit une surprise, pendant qu'il y est... »

L'Allemand retourna à la papeterie. Juliette s'assit à nouveau sur la barrière :

« Je crois que votre ami a besoin de votre aide », dit-elle : on voyait, à l'intérieur de la papeterie, l'Allemand en grande conversation avec le marchand. Le type en pardessus clair le regardait, lui aussi. « Il se débrouillera », dit-il, toujours rigolard. Juliette jeta ses jambes de l'autre côté de la barrière et sauta du haut des marches, dans la rue...

« ... je ne peux tout de même pas vous laisser seule ici, vous pourriez nous fausser compagnie... ».

Juliette s'enfonçait comme un boulet dans une traboule de la maison d'en face...

Arrivée dans la cour, elle s'arrêta, folle, ne comprenant plus rien, sachant à peine où elle était, s'il fallait descendre ou monter cet escalier, si c'était un passage ou simplement une cour... Elle s'immobilisa comme on le faisait dans le temps, quand on se trouvait pris au milieu d'une place, entre les dangers tournants des voitures. Un homme apparut, portant un ballot.

« Pardon, Monsieur, est-ce que cela traboule, par là ?

— Mais oui, Mademoiselle, par là, et par là et par là... »

De traboule en traboule... Les rues à traverser entre les traboules... Elle s'y jetait comme à l'eau... Mais, maintenant, elle était sûre de son affaire, même s'ils avaient essayé de la poursuivre, le filet des traboules les tenait.

Un bistrot, le téléphone...

« Je voudrais parler au docteur Arnold... Docteur, ici Mme Rose Toussaint... Voulez-vous dire à mon mari qu'à la sortie de l'hôtel je me suis trouvée mal... Je crois que ce sont les premières douleurs... C'est très grave, tout à fait grave... Vous le verrez ?...

— Oui, oui..., hurlait le docteur, pouvez-vous encore venir ? Êtes-vous absolument sûre qu'il n'y a pas de danger ? Voulez-vous qu'on vienne vous chercher ?...

— Je viens... »

La bonne l'introduisit directement dans le cabinet du docteur. Quand ils la virent entrer, les lèvres aussi blêmes que ses joues, les yeux, des anémones mauves, tous les trois, le docteur, sa femme et Célestin se jetèrent au-devant d'elle : ils la portèrent, presque, jusqu'au fauteuil...

Elle racontait... tout, bien en détail :

« ... Alors, je me suis dit : chiche ! et j'ai sauté ! comme Douglas Fairbanks[1] ! Si j'avais eu de grands talons, je me serais cassé la figure... Il y a un bon Dieu, le matin j'avais pris mes souliers neufs, j'étais furieuse quand j'ai vu qu'il commençait à bruiner et qu'il fallait encore mettre ces affreux souliers à talons plats... Je me suis dit : si

1. Dans *Le Signe de Zorro* (1920), Douglas Fairbanks (1883-1939) s'était notamment livré à toutes sortes d'acrobaties et de sauts spectaculaires.

j'arrive jusqu'à une traboule, ils peuvent courir, c'est pas des Lyonnais, c'est des Boches, jamais ils ne m'auront là-dedans ! Voilà...

— C'est normal, dit le docteur. Suzanne veux-tu lui préparer un grog, elle a des frissons... Venez, mon petit, vous allez vous étendre un moment dans la chambre, sous une couverture bien chaude, avec une bouillotte et vous prendrez un grog...

— Non, j'aime mieux rester avec vous...

— On ira vous tenir compagnie dans la chambre, on ne vous abandonne pas... Jamais...

— Et Célestin ? Il ne risque rien, en restant ici ? »

Juliette pouvait à peine parler, tant elle claquait des dents.

« Je ne risque rien, Juliette... ELLE EST VENUE, je ne risque plus rien... »

Juliette couchée sous les couvertures, dans la chambre, entendait des voix qui semblaient venir de loin ; pourtant quand elle ouvrait les yeux, elle voyait le docteur et Célestin près de son lit. Elle avait merveilleusement chaud, la tête lui tournait de fatigue, d'alcool...

« ... Ils ont pris Dominique. Il leur avait filé entre les doigts une première fois et s'était planqué dans une chambre à lui, dans les environs. L'étrange de l'histoire est qu'il avait un colt et une mitraillette chargés et qu'il ne s'en est pas servi. Il a dû voir arriver quelqu'un qu'il croyait être un ami... un traître... Cinq personnes connaissaient sa planque. Il y a eu lutte... du sang sur les murs... Ils l'ont emmené dans une voiture de la Gestapo qui attendait en bas. C'est normal...

— Je voudrais rester, rien que pour démasquer le traître...

— Toi, tu me feras le plaisir de filer, sans histoires. Tout est préparé... Tu connais l'itinéraire... L'avion atterrit à...

— Je n'ai pas envie de partir... ELLE EST VENUE...

— Mais tu partiras quand même, c'est moi qui te le dis, au besoin, j'emploierai la force ! Tu crois que ce n'est pas assez de Dominique ? Tous les terrains d'atterrissage brûlés... Je ne parle pas de l'homme... je me mettrais à chialer... Qu'allons-nous faire de Juliette ?

— Tu crois qu'il y a du danger pour elle ?

— Je me le demande... Ils pourraient la reconnaître, simplement dans la rue... c'est qu'elle est trop jolie pour le métier qu'elle fait, elle ne passe pas assez inaperçue... Ce n'est pas grand, Lyon, tout le monde se rencontre tout le temps...

— Tu ne crois pas qu'elle pourrait partir avec moi ? ELLE EST VENUE...

— Comment ? » dit le docteur.

Il y eut un long silence.

« Non..., reprit le docteur. Il n'y a qu'une place de disponible. Autre chose : j'ai vu le communiste que tu m'as envoyé, ils sont gonflés, ces gars-là. On a combiné quelque chose ensemble...

— Oui... Après la guerre, il faudra compter avec eux, on ne pourra pas gouverner le pays sans le parti des fusillés... »

Il y eut à nouveau un long silence.

« ... le mieux serait de planquer Juliette pendant quelque temps, dit la voix du docteur, après tout, maintenant ce n'est peut-être plus qu'une question de mois.

— Et tante Aline, dit Juliette de sous les couvertures, et José ?

— Vous ne dormiez pas ? On s'en occupera, vous pensez bien... Ce soir, vous pourriez coucher... par exemple, chez... Adrinopoli... ou comment s'appelle-t-elle déjà, cette brave femme... C'est un endroit très sûr.

— Je ne le permettrai pas, dit brusquement la femme du docteur : c'était qu'elle aussi se trouvait dans la pièce. Tu ne vas pas envoyer cette enfant dans un caravansérail où il n'y a que des hommes, dans un dortoir ! C'est bien une idée d'homme... »

Le docteur la regardait, penaud...

« Je vais la mener chez ma cousine Marthe, continuait la femme du docteur.

— Chez ta cousine Marthe ? La femme du soyeux ? Voyons, Suzanne, qu'est-ce que tu racontes...

— Oui, elle y sera très bien... Il y a un grand jardin, elle aura la chambre rose, je dirai à Marthe de lui donner la chambre rose, c'était la chambre de jeune fille de ma cousine, j'y ai assez souvent couché autrefois, avant mon mariage... Il y a des arbres devant les fenêtres, c'est plein de soleil, les meubles sont blancs, il y a une bordure tout autour sous le plafond, avec des oiseaux, ma cousine a toujours eu beaucoup de goût, il y a un joli chiffonnier, et des amours de petits fauteuils... On peut si bien y rêver, nulle part on ne peut rêver comme on rêve dans cette chambre... Les domestiques sont très bien stylés... On y mange comme en temps de paix... »

Elle parlait avec volubilité, un peu de rose aux pommettes...

« Et le soyeux ? demanda le docteur, timide.

— Le soyeux ? » Elle haussa les épaules, superbe — comme si ça le regardait ! « Marthe est maîtresse chez elle ! Elle fait ce qu'elle veut. Et la maison est assez grande...

— Eh bien, je te laisse faire, Suzanne, se rendit le docteur, c'est après tout peut-être une excellente solution. Si tu crois que ta cousine accepte...

— Venez, mon enfant, dit Suzanne, levez-vous... Il me tarde de vous voir installée là-bas, loin de toutes ces horreurs. »

Elle se baissa, ramassa les souliers de Juliette et se mit en devoir de la chausser.

« Oh, Madame !... »

Juliette bondit hors du lit... Le plancher bougeait dangereusement sous ses pieds, mais elle fit un effort désespéré et arriva à dire d'une voix naturelle, tout en mettant son manteau, en plantant le béret sur ses cheveux :

« Docteur, je compte sur vous pour prévenir ma tante... ce soir, n'est-ce pas, tout de suite. Vous lui direz que je suis en sûreté, que je suis très, très bien... Vous irez, n'est-ce pas ?

— Vous pouvez en être sûre.

— Au revoir, Docteur, au revoir, Célestin...

— Au revoir, Juliette, vous permettez que je vous embrasse ? »

Le docteur la prit dans ses bras et l'embrassa. Célestin saisit ses mains, la gauche gantée, la droite nue :

« Ils sont toujours raccommodés aux pouces ? » dit-il, et il baisa sa main gauche, au pouce raccommodé ; la droite, il la mit contre sa joue, son regard fou, sur elle : SEIGNEUR, ÉTERNISEZ L'AMOUR QU'IL A POUR ELLE, dit-il.

Elle retira ses deux mains et gagna la porte. La femme du docteur la tenait ouverte pour elle, pressée, pressée de la mener dans la chambre où il y avait une bordure d'oiseaux sous le plafond, des arbres derrière les fenêtres et où l'on pouvait rêver comme nulle part ailleurs...

Et les rêves, ça la connaît, Juliette.

*

Ceci est écrit en février 1943 et c'est à l'Histoire de mener ma chanson.

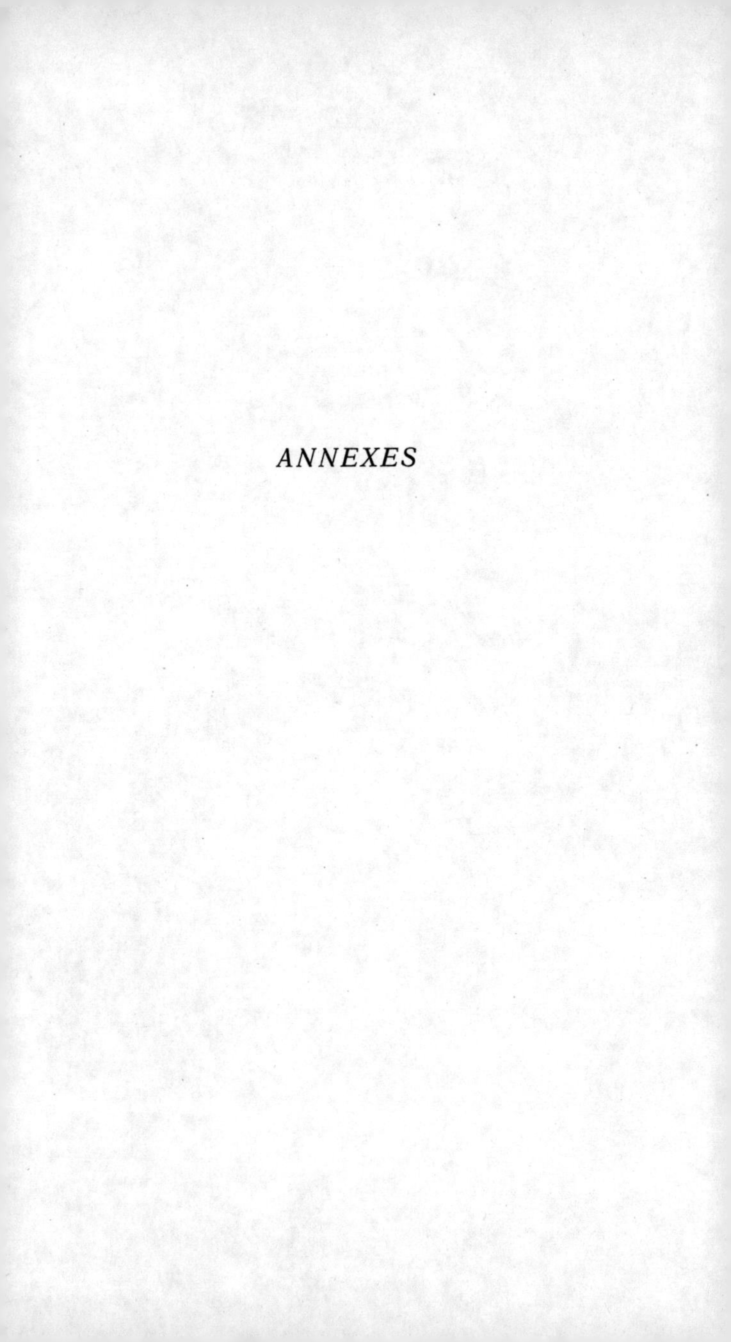

ANNEXES

NOTE DE 1945

Les Amants d'Avignon *a été publié illégalement aux* Éditions de Minuit *à Paris, en octobre 1943, sous la signature* Laurent Daniel. *Ce pseudonyme avait pour l'auteur la valeur d'une dédicace à Laurent et Danièle Casanova. Au moment où cette nouvelle a été écrite, Laurent Casanova, évadé d'Allemagne, travaillait dans la Résistance, en France, et sa femme venait d'être déportée en Silésie, où elle devait périr au camp d'Auschwitz.*

PRÉFACE
À LA CLANDESTINITÉ

La planque se trouvait au-dessus de Dieulefit, dans la montagne, on ne pouvait l'atteindre qu'à pied. Nous l'appelâmes, conspirativement, *le ciel* : une maison-ruine, seule au carrefour de trois communes, si bien qu'on ne savait au juste à laquelle des trois elle appartenait. C'était comme si elle n'existait pas.

Coupés du monde, enfouis dans la neige de l'hiver 1942, introuvables, toute liaison pratiquement impossible... Ça ne pouvait durer, il fallait au plus vite descendre de cet étrange ciel vide et retrouver la terre occupée, où nous ne pouvions exister sous notre identité. Je pris le chemin de Lyon pour nous procurer de faux papiers.

Le temps nécessaire à les fabriquer, et je rentrai dans la solitude blanche, après un difficile voyage à pied, en cars, trains, avec nuits d'hôtels et de gares. Tu m'attendais au pied du ciel. Une longue, longue montée dans la nuit de Noël et, au bout, cette maison perdue, gardée par trois immenses peupliers, où tu as fait flamber dans l'âtre des genévriers à trente-six mille étoiles.

*

Pour la nouvelle année, 1943, nous étions à Lyon, abandonnant au ciel tout ce que nous possédions.

À partir des combles d'un hôtel particulier à Monchat, faubourg de Lyon, je faisais l'apprentissage de cette ville, désolante comme un poussiéreux bureau de notaire, tapissé d'anciennes archives de familles, pareilles à des caveaux dans un cimetière. Sur les quais, des maisons uniformes et plates, vrais dossiers à héritage, fortunes cachées dans la suie et l'abandon des vieux murs aux entrailles de soie et de velours, toute une ville étroite et tortillée comme le secret de ses traboules, tragique comme l'eau du Rhône, de la Saône, avec ses noyés, les détritus, la navigation et les ponts qui l'enjambent. Lyon, alors bondé de gens de toute sorte, venus d'ailleurs, ville soudain promue capitale de la Résistance, vivant d'une vie intense et périlleuse, traversée par les bourrasques des rafles, s'engraissant au marché noir, souffrant de ses prisons...

*

On peut écrire en dehors du temps, des événements, mais pas en dehors de son propre sort et, partant, en dehors de soi-même, de ce qu'on est. Quand on arrive à cerner le moment et l'endroit où la graine est tombée, quand on réussit à la voir devenir plante, on comprend d'évidence comment la biographie d'une œuvre dépend de la biographie de son auteur. Le romancier aurait-il eu un autre destin qu'il aurait écrit des romans autres, sans que pour cela ses romans relèvent de l'autobiographie. Nos existences inséparables ont fait que depuis que nous sommes ensemble, nous avons assisté, l'un et l'autre, à la croissance de chacune des plantes, les siennes propres et celles de l'autre. Mais notre attitude vis-à-vis de l'art, de tout temps semblable, fait que ce que nous avons écrit avant notre rencontre nous apparaît également les racines mises à nu.

Nous avons vers les années 30 traversé tous deux un temps mort pour l'écriture. Les raisons, pour moi, s'en trouvaient clairement dans ma biographie : le dépaysement, le passage d'une langue à l'autre, bref, tout ce que j'ai déjà dit au début de ces préfaces. Mais toi... Je te voyais ne rien écrire, immobile et frénétique comme quelqu'un de pressé qui aurait perdu son chemin. Tu étais un riche qui a lui-même mis ses biens sous séquestre, par crainte de les dilapider en de vaines entreprises. Un autre avait grandi en toi, ta littérature ne pouvait faire autrement que de suivre cet autre — on n'écrit pas en dehors de soi — or, tu ne trouvais pas le chemin pour te rejoindre toi-même. Tu meublais le temps mort par des essais, et ton éditeur te refusa le volume *Ici, critique*. Tu as essayé de t'*en* sortir par un roman condamné d'avance, mort-né. Le brin de paille du noyé fut un autre roman : *Les Cloches de Bâle*. Tu avais trouvé *Le Monde réel : Les Beaux Quartiers, Les Voyageurs de l'impériale*... Puis vint la guerre.

Qu'aurais-tu écrit s'il n'y avait pas eu la guerre ? Qu'aurais-je écrit ? Autre chose, voilà qui est certain. J'ai toujours écrit librement, comme les Parisiens traversent la rue, sans me préoccuper des clous ni des voitures. Mais le sens, l'itinéraire, dépendent de ce qu'on a à faire dans la vie. Sans doute, la répulsion de ce qui nous entourait alors ne faisait que confirmer certains — des jeunes gens, des hommes parfois généreux — dans la négation pure et simple de la réalité. À *Neige* d'Alain Borne, tu avais répondu par le poème *Pour une poésie nationale,* comme un appel contre l'illusion de la

Neige qui tombe en plein mois d'août...

N'avais-tu pas toi-même écrit *Anicet,* dos à la guerre ?

D'autre part, le « retour à la terre » avait fait dire à un esprit aristocratique, dans une des revues de Paris ou de Vichy, que, les tracteurs s'étant enfin tus, le laboureur avait le bonheur de réentendre le chant de l'alouette.

Mais nous, qui n'entendions pas le chant de l'alouette et ne pouvions guère songer à la neige en plein mois d'août, nous étions incapables de nous libérer de ce qui nous entourait. Est-il possible d'écrire en dehors de ses obsessions ? Peut-être, mais sur une décision délibérée. La littérature de la Résistance aura été une littérature dictée par l'obsession et non par une décision froide. Elle était le contraire de ce qu'on décrit d'habitude par le terme d'*engagement,* elle était la libre et difficile expression d'un seul et unique souci : se libérer d'un intolérable état de choses.

*

Rêvée encore au *ciel*, c'est à Lyon, au début de 1943, que j'ai écrit *Les Amants d'Avignon*, nouvelle parue illégalement, sous le pseudonyme de Laurent Daniel, en octobre 1943, aux Éditions de Minuit, à Paris.

La force des événements avait soufflé les destins de toutes les femmes, de tous les hommes et avait mis à nu leur véritable nature. Des circonstances fantastiques avaient révélé les possibilités insoupçonnées des êtres. La vie quotidienne des dactylos, horlogers, apiculteurs, couturières, vendeuses, savants, instituteurs, concierges, le train-train de leur vie, ils le laissaient soudain se muer en danger permanent, prenant des risques insensés jusqu'à l'héroïsme. Les voilà, ces gens ordinaires, devenus chefs de maquis, agents de liaison, les voilà qui abritent des résistants, portent des paquets, cachent des armes, les prennent, se laissent torturer sans flancher, vont à la mort. La dactylo Juliette Noël est une fille comme une autre, banale comme tant d'autres. En temps ordinaire. Mais voilà venir les temps d'apocalypse et Juliette se conduira comme si le péril était la règle habituelle de l'existence et le courage allait de soi. Dans la nuit et le brouillard, il y avait beaucoup de filles banales comme Juliette.

J'avais rêvé, imaginé l'histoire des amants d'Avignon, de Juliette et Célestin, dans le décor réel de ma vie d'alors. J'ai mis les petits pieds de

Juliette dans les traces de mes pas. Réels étaient l'atmosphère du pays, son fond politique.

Peut-être ne savez-vous plus que la Résistance comprenait des organisations de tendances politiques diverses et que, par exemple, l'Armée Secrète gaulliste agissait — à son corps défendant — en liaison avec les FTP, organisation militaire du Front National. Ainsi, Juliette, qui n'a aucune idée politique en tête, est-elle agent de liaison du Dr Arnold, appartenant à n'importe quel réseau de la Résistance, et Célestin, gaulliste, travaille-t-il en liaison avec les communistes.
« ... *J'ai vu le communiste que tu m'as envoyé*, dit le Dr Arnold à Célestin, *ils sont gonflés, ces gars-là. On a combiné quelque chose ensemble*. »

Et comme, en ces temps-là, on fusillait beaucoup de résistants qui étaient membres du parti communiste, Célestin répond :
« *Oui... Après la guerre, il faudra compter avec eux, on ne pourra pas gouverner le pays sans le parti des fusillés...* »

À la Libération, cette expression de Célestin a été reprise par le parti communiste et grand a été mon étonnement quand j'ai vu afficher sur les murs cette phrase :

Adhérez au « Parti des fusillés »,
comme dit un écrivain de la Résistance

et, ensuite, sur la petite carte des adhérents, en 1944, et sur celle de 1945. Peu de gens savent qu'elle vient des *Amants d'Avignon* et je ne vois pas pourquoi je tairais ce dont je m'honore.

Oui, on écrit, et les choses écrites parfois se glissent dans la vie. En 1942, les amants d'Avignon vont au Fort Saint-André, montent dans une tour, lisent des graffiti,

LE 5-6-26 ELLE EST VENUE

et à partir de cette date, des inscriptions marquent les rencontres de ces amants inconnus...

ILS SONT VENUS
FIDÈLES À CE PÈLERINAGE
IL L'AIME QUEL COURAGE
7 ANS 1932

Après la parution du *Premier accroc* en 1945, j'ai reçu une lettre sans signature : si je voulais connaître les amants qui se rencontraient dans la tour du Fort. Suivait une adresse. Je n'ai pas écrit, je craignais une déception, une mauvaise plaisanterie.

Je suis souvent retournée au Fort Saint-André... Je montais dans la tour... Depuis que le Fort avait servi de prison pour les collaborateurs, les ouvertures avaient été bouchées avec des planches, et le réduit à graffiti était plongé dans le noir. J'allumais des allumettes, un briquet : les graffiti étaient toujours là, et je lisais au hasard de la flamme...

27 7-bre SEUL SON CŒUR EST FIDÈLE
IL EST VIEUX ELLE EST BELLE
9 ANS 1934
1937 LE 30 AOÛT — IL EST VIEUX
ELLE EST BELLE
ILS SONT VENUS

En 1964, pour l'illustration de ce volume, j'avais

demandé à Lucien Clergue de photographier les graffiti. Nous sommes montés au Fort... Le gardien voulait nous empêcher d'entrer, il y avait, dans la tour, danger d'éboulis. *Eux* non plus n'avaient pas pu y monter et c'est au pied de l'étroit escalier tournant que nous avons vu gratté dans la pierre ce graffiti :

1960 ILS SONT VENUS

La vie continuait.

*

Le « style » est la peau d'une chose écrite et non son vêtement, l'enlever n'est pas la déshabiller, c'est l'écorcher. J'ai écrit *Les Amants d'Avignon* ainsi que l'exigeait cette histoire. Vingt ans plus tard, j'ai repris ce même style pour *Roses à crédit* : mes deux héroïnes semblent toutes deux sortir des magazines féminins et le décalage entre leurs habitudes de penser, de rêver, de faire et leur force secrète fait partie du drame. Ladite banalité de Juliette rend son destin apparemment illogique, comme s'il y avait eu erreur, comme si la vie qu'elle vivait ne lui était pas destinée. Oui, en ces temps-là, on aurait dit que les destinées étaient distribuées au petit bonheur la chance, sans rapport avec les êtres tels qu'on se les imaginait jusque-là. Il faudrait une bonne dose de naïveté, une lecture vulgaire, pour croire que l'auteur et son héroïne, Juliette, relèvent de la presse du cœur.

*

L'on jugea que pour nous, pour le travail, Lyon était inutilement dangereux. On allait nous cacher dans un endroit tranquille d'où nous ferions les sorties nécessaires.

Nous partîmes pour Saint-Donat, Drôme, munis cette fois de faux papiers à toute épreuve. Il était entendu que nous devions y vivre comme tant d'autres émigrés de la Zone Nord, nous montrant désœuvrés et inoffensifs. Tout prenait la rigueur d'un travail illégal bien organisé. Je m'arrachai avec peine à la tristesse lyonnaise et, pendant le voyage dans la Drôme, à l'approche de Saint-Donat, la perspective de vivre dans ces parages raisonnables un temps indéfini, me glaçait d'avance, d'un ennui désespéré.

Nous y sommes restés jusqu'à la Libération, faisant des voyages assez fréquents à Valence, Lyon, Paris (à Lyon, nous avions même fini par louer une chambre au mois, à Bron). Les villageois nous regardaient aller et venir et faisaient les discrets. Assez vite, nous avions trouvé parmi eux des complicités silencieuses : ceux-là, sans nous le dire, savaient qui nous étions par des Parisiens réfugiés dans les parages, d'autres « savaient », sans savoir qui nous étions, d'autres se doutaient bien de quelque chose. Nous décidâmes de rester à Saint-Donat, après tout ce n'était qu'une question de chance et de hasard : pour nous, il n'y avait pas de lieu où nous aurions été en sécurité.

[...]

*

Si, dans le temps, on m'avait demandé ce que c'est que le Prix Goncourt, j'aurais dit que c'était une consécration littéraire et une petite somme d'argent. Je n'ai jamais songé que l'importance du Prix pour un romancier est essentiellement dans l'intérêt que le public porte automatiquement à l'œuvre couronnée ; jamais l'idée ne m'était venue que le Prix Goncourt voulait dire beaucoup de lecteurs, c'est-à-dire un grand tirage, c'est-à-dire beaucoup d'argent. Je ne pensais pas qu'il fallait un prix pour avoir un grand tirage, puisque *Le Cheval blanc*, par exemple, avait eu un grand tirage sans prix. Bref, j'ai reçu le Goncourt, ravie et parfaitement ignorante de ses conséquences.

Lorsque parut *Bonsoir Thérèse*, Robert Denoël, mon éditeur, me dit : « Vous pourriez avoir le Prix des Deux Magots... » Un prix ? Pour quoi faire, un prix ?... Quelle idée ! Me mettre sur les rangs... Denoël discutait. « Si encore, lui dis-je en plaisantant, vous me parliez du Prix Goncourt ! » Il abandonna ses projets.

J'ai donc eu le Prix Goncourt sans me douter de ses conséquences : au bout de quelque temps j'ai eu assez d'argent pour acheter une maison de campagne ; les gens trouvaient bien des qualités à ma littérature et, pour tout dire, on me courait après. Le théâtre, le cinéma, journaux et revues m'étaient grands ouverts. Mais au fur et à mesure que la Libération perdait ses belles couleurs, ma littérature, et moi-même, semblions perdre nos qualités. En fait de consécration littéraire, on faisait payer à mes romans, les uns la peur qu'ils

avaient eue de la Libération, d'autres les désaccords extra-littéraires qui existaient même avec ceux que je pouvais considérer comme des amis. La littérature avait bon dos, c'est tout autre chose que l'on visait en ma personne si voyante à cause de ce sacré prix. Quant à toi... tes admirateurs de la veille te traitaient à leur tour de Déroulède, comme nos ennemis communs, à eux et à nous, le faisaient hier. Avec quelle rapidité s'était refaite une scandaleuse ligne de démarcation !
Le traité des fluctuations littéraires de cette époque n'a pas encore été écrit. Il aurait montré sur un temps extraordinairement court ce qui demande d'ordinaire de longues années ou même des siècles : le mécanisme de la révision des valeurs littéraires. À cet égard, l'exemple d'*Aurélien* est parfaitement édifiant : ce roman d'Aragon, malgré ou à cause de la célébrité de son auteur à la sortie de l'Occupation, ne s'est, dans la première année de sa parution, en 1945, vendu qu'à quinze cents exemplaires et, traduit en Amérique, a été mis en solde à sa sortie, dès 1947, pour être, ensuite, pilonné. Le renversement de l'opinion par rapport à ce roman n'a pas pris dix ans. C'est sur une période autrement longue que s'étale le grand exemple du renversement des choses par rapport à Stendhal qui de son vivant a vendu moins de livres qu'il n'en fallait pour couvrir ses dépenses chez l'imprimeur.

J'avais mangé mon pain blanc en premier, il allait commencer pour moi, pour nous deux, une dure période de persécution permanente. Il est certain que, quoi que j'eusse écrit, cela n'aurait rien changé : l'opinion sur nous deux semblait être faite une fois pour toutes, nos livres jugés *a priori*. Mais, il faut bien dire que je n'ai rien fait pour que cela change et les deux romans qui suivirent *Le premier accroc coûte deux cents francs* avaient mis le feu aux poudres. Avec un courage de somnambule, parfaitement inconscient, je continuais à écrire contre les mêmes que pendant l'Occupation. Il a fallu bien des années pour que ces romans trouvent leur justification, et leur auteur, une paix relative. Mais ceci est une autre histoire…

Juin 1964

Appendices

Éléments biographiques

1896. Naissance à Moscou d'Elsa Kagan. Son père, avocat, appartient à la bourgeoisie juive aisée. L'enfance d'Elsa se passe en compagnie de sa sœur Lili, de cinq ans son aînée. « Je suis née à Moscou, j'ai grandi avec les gelées printanières, la joie des eaux printanières, le soleil qui doucement se met à chauffer, les cochers de fiacre [...], les pommes *antonovka*, la ruelle Golikovski. » À douze ans, Elsa commence un journal qu'elle tiendra pendant de nombreuses années.

1915. Mort du père. Elsa a commencé des études d'architecture et a rencontré, grâce à sa sœur mariée à Ossip Brik, de jeunes intellectuels parmi lesquels Boris Pasternak, Roman Jacobson, Chklovski et le poète Maïakovski auquel elle voue une amitié passionnée ; ce dernier deviendra l'amant de sa sœur Lili et se suicidera en 1930.

1917. Révolution russe : « Ce qui se passe est une pure merveille ! »

1919. Malgré les vives réticences de sa famille, André Triolet, attaché à la mission militaire de France en Russie et fils d'un riche industriel de Limoges, épouse Elsa, avec laquelle il est lié depuis une année. Le couple part aussitôt pour Tahiti où il envisage de se fixer.

1920. Retour de Tahiti. Voyage à Paris avec Maïakovski auquel Elsa sert de traductrice. Elle rencontre Picasso, Tristan Tzara et le couple Delaunay.

1921. Rupture avec André Triolet. Séjour à Londres, à Berlin puis à Paris où Elsa Triolet loue un chambre à l'hôtel Istria, à Montparnasse, et fréquente les artistes du quartier : « À cette époque de l'hôtel Istria, j'étais jeune, j'étais gaie [...]. À l'Istria habitaient Marcel Duchamp, Jeanne Léger [...], Man Ray, Picabia, la belle Kiki y amenait son nez pointu. » Elle écrit et publie en russe trois ouvrages à caractère autobiographique *Tahiti* (1925), *Fraise des bois* (1926) et *Camouflage* (1928).

1928. Le 6 novembre, au bar de La Coupole à Paris, rencontre avec Louis Aragon qu'elle ne quittera plus. « Le commencement de la vie avec lui fut incroyablement simple : du jour au lendemain, nous nous sommes retrouvés heureux comme deux chiots dans le même panier. » Liens avec les surréalistes et le parti communiste.

1930. Rupture d'André Breton et d'Aragon, accusé de complaisances à l'égard de la politique soviétique.
Elsa Triolet et « Aragocha » connaissent des temps difficiles. De 1931 à 1933, Elsa fabrique des colliers « haute couture » qu'Aragon va vendre dans des maisons d'exportation quand il trouve le temps. « Tu vivais comme un possédé, se souvient-elle, tu travaillais, tu militais, tu écrivais... J'étais là, je te suivais : meetings, grèves, accidents... » Elle note en 1936 : « La guerre d'Espagne, on vit avec comme une affreuse maladie chronique. »

1938. Publication de *Bonsoir Thérèse*, chez Denoël, première publication d'Elsa Triolet en français : « C'est la même voix de femme, au même timbre, avec le même accent qui reprend la conversation de l'auteur avec soi-même. »

1939. Le 28 février, mariage d'Elsa et de Louis Aragon. Voyage aux États-Unis où Aragon participe au 3e Congrès des écrivains pour la défense de la culture. À la fin de l'année, Aragon est mobilisé, il rejoint son unité en janvier 1940 et sera démobilisé en juillet.

1940-1944. Déplacements continuels, activités de résistants. Sur la côte varoise, Elsa Triolet et Louis Aragon sont hébergés chez des amis et se lient notamment avec Henri Matisse et Fernand Léger. À Carcassonne, ils font la connaissance de Pierre et Anne Seghers. Ils habitent tour à tour Avignon, Villeneuve-lès-Avignon, Dieulefit. Quand ils gagnent la zone occupée, ils sont arrêtés, détenus une dizaine de jours à Tours puis relâchés. En 1941, à Paris, avec Éluard, Paulhan et quelques amis, ils ont fondé le Comité national des écrivains, « pour une littérature libérée de l'emprise étrangère ». En 1943, Elsa crée et rédige *La Drôme en armes*. Publication d'une nouvelle, *Mille regrets* (1942), des *Amants d'Avignon* (1943) et du *Cheval blanc* (1943), « le plus autobiographique de mes romans, je veux dire le plus proche de ce que j'ai vu et senti du monde ».

1945. *Le premier accroc coûte deux cents francs*, qui regroupe quatre nouvelles écrites sous l'Occupation, reçoit le prix Goncourt.
À partir de la fin de la Seconde Guerre mondiale, les vies et les écrits de Louis Aragon et d'Elsa Triolet se trouvent étroitement liés à l'histoire du Parti communiste français (en 1954, Aragon sera élu membre titulaire du Comité central du PCF). Les époux passent chaque année plusieurs semaines en Russie ou dans les pays de l'Est ; ils y sont traités en hôtes de marque ; leurs livres y sont traduits. Si elle se plaint à sa sœur Lili restée en Russie, et proche du pouvoir, du peu d'intérêt de ses compatriotes pour ses ouvrages, Elsa ressent aussi durement l'hostilité d'une partie de l'intelligentsia française à l'égard d'un couple célèbre, accordant un soutien sans faille au « bloc soviétique » et à Staline. Publication de *Personne ne m'aime* (1946), *Les Fantômes armés* (1947), *L'Inspecteur des ruines* (1948), *L'Écrivain et le livre ou La suite dans les idées* (1948). De 1948 à 1951, Elsa Triolet tient la chronique théâtrale des *Lettres françaises* qu'Aragon dirigera à partir de 1953.

1951. Avec l'aide du parti communiste, création des « Bibliothèques de la Bataille du livre » dont l'objectif est d'atteindre les milieux populaires sous forme de petits ensembles dotés d'une centaine de titres. Achat à Saint-Arnoult-en-Yvelines d'un moulin à eau datant du XVIIIe siècle entouré d'un parc de six hectares (il sera peu à peu transformé en une confortable maison de campagne où seront reçus de nombreux artistes et hommes de lettres de l'époque). Publication de *Le Cheval roux ou Les intentions humaines* (1953). Traduction de pièces de Tchekhov et de poèmes de Maïakovski. *L'Histoire d'Anton Tchekhov* (1954).

1956. Elsa Triolet reçoit le prix de la Fraternité pour *Le Rendez-vous des étrangers*, roman inspiré par les années passées à Montparnasse, édité chez Gallimard qui publiera tous ses romans ultérieurs. Publication du *Monument* qui suscitera de vifs débats sur les liens entre art et politique.

1959-1969. Publication du cycle romanesque intitulé *L'Âge du nylon : Rose à crédit* (1956), *Luna-Park* (1956), *L'Âme* (1963) « C'était notre Âge énigmatique et opaque malgré sa transparence solide, un Âge risqué, dangereux, ingrat et incompréhensible. » Publication de *Les Manigances, journal d'une égoïste* (1962), *Le Grand Jamais* (1965), *Écoutez-voir* (1968), *La Mise en mots* (Skira, 1969).

1970. *Le rossignol se tait à l'aube*. Le 16 juin, mort d'Elsa Triolet au moulin de Saint-Arnoult-en-Yvelines. Son cercueil est exposé dans le hall d'entrée de l'immeuble de *L'Humanité* avant d'être porté en terre dans le parc de la propriété.

En 1977, Louis Aragon lègue au CNRS ses archives personnelles ainsi que celles d'Elsa Triolet ; il meurt en 1982. Le moulin de Saint-Arnoult-en-Yvelines abrite aujourd'hui la « Maison Elsa Triolet-Aragon », musée et lieu d'animations culturelles.

Repères bibliographiques

Œuvres d'Elsa Triolet

En plus des titres disponibles en Folio (les volumes de la trilogie *L'Âge de nylon, Le Cheval blanc, Le Grand Jamais, L'Inspecteur des ruines, Les Manigances, Le dernier accroc coûte deux cents francs*), ainsi que dans d'autres éditions de poche, on peut signaler :

Louis Aragon/Elsa Triolet, *Œuvres romanesques croisées*, Monaco, Jaspard, Palus et Cie, Paris, Robert Laffont, 1964-1974, 42 vol. illustrés [*Les Amants d'Avignon* figure dans le tome V, p. 33-113].

Correspondance avec Lili Brik (1921-1970), sous la dir. de Léon Robel, Paris, Gallimard, 1999.

Écrits intimes (1912-1939), éd. Marie-Thérèse Eychart, Paris, Stock, 1998.

La Poésie russe, éd. bilingue sous la dir. d'Elsa Triolet, Paris, Seghers, 1965.

Ouvrages généraux

BOUCHARDEAU, Huguette, *Elsa Triolet*, Paris, Flammarion, 2000.

DESANTI, Dominique, *Les Clés d'Elsa*, Paris, Ramsay, 1983.

Elsa TRIOLET, Paris, Bibliothèque nationale, 1972 [catalogue illustré de l'exposition qui lui a été consacrée].

GAUDRIC-DELRANC, Marianne (sous la dir. de), *Elsa Triolet. Un écrivain dans le siècle*, Paris, L'Harmattan, 2000.

MARCOU, Lilly, *Les Yeux et la mémoire*, Paris, Plon, 1994.

ANNEXES

APPENDICES

Composition Nord Compo
Impression Novoprint
à Barcelone, le 8 janvier 2007
Dépôt légal : janvier 2007

ISBN 978-2-07-034462-8./Imprimé en Espagne.